世界最強の後衛
～迷宮国の新人探索者～
6
「明日の早朝、五番区に向かいます。
要請に応じていただけるのであれば、
ギルドセイバー本部に来てください」

「ミサキちゃん、メリッサさんが
ピザのトッピングをお願いしたいって……」

「あっ、はーい！ チーズの載せ加減なら私の右に出る人はいないから！」
「あまり載せ過ぎないようにね、他のメニューもいっぱいあるから」

俺たちは必ず『猿候』を倒す。
いつしか強く握りしめた俺の手に、テレジアが手を重ねてくれる。

世界最強の後衛
～迷宮国の新人探索者～6
とーわ〔Tôwa〕
イラスト／風花風花
〔Huuka Kazabana〕

口絵・本文イラスト
風花風花

装丁
伸童舎

CONTENTS

プロローグ　黄昏の部屋

――五番区『白夜旅団《びやくやりよだん》』所有宿舎『トリルハイム』。

迷宮国を訪れた探索者たちは、初めは探索が成功し、金銭などの代価を得て生活を改善させていく過程に希望を見出《みいだ》す。

いつしかそれを目的に探索する者の比率が増え、やがて上の区に上がれなくなると、諦《あきら》めと共に日々を生きるために探索を日課とするようになる。

ヨハン＝セントレイルは、自らが統率する『白夜旅団』にそのような者は一人もいないし、いるべきではないと考えている。

三十二名が居住してなお余りある、五番区でも指折りの屋敷の一室で、ヨハンは報告に訪れた仲間――第二パーティのリーダーであるアニエスを前にしても微動だにせずにいた。

「……第二パーティ、全員無事に帰還しました。団長、事情は説明してもらえますね？」

彼女の装いは神官のようだが、近接戦闘を得意とする『僧兵』の上位職である『神官戦士』であり、纏う風格はヨハンに劣らぬものだった。

長い亜麻色の髪を三つ編みにしており、その振る舞いは淑やかだが、今は瞳《ひとみ》に隠しきれず、強い感情を宿している。自分よりも若いヨハンを窘めるような口調ではあるが、ヨハンがそれに対して感情を動かす様子はなかった。

まるで玉座のような椅子は、迷宮国を支配していた王族が手放し、今は探索者であるヨハンのものとなっていた。

椅子の肘掛けに頬杖をついたまま、ヨハンは中空を見つめていた。ステンドグラスの窓から差し込む夕日を浴びて、青みがかった髪が色を変える。

「どうしてシロネを行かせたのですか？　あんなふうに、追い込むようなことまでして……」

「彼女には悪いことをしたと思っているよ。彼女は旅団のために、できるだけのことをして尽くしてくれた」

「それなら、なぜ……」

ヨハンに視線を向けられ、アニエスは息を呑む。

彼は笑っている――彼が常に微笑《ほほえ》んでいるままと分かっていても、その表情は言葉の内容とはそぐわないものだった。

「『呪符使《じゅふつか》い』は貴重な職業だ……しかし、条件さえ揃えば転職可能でもある。つまりそれは、シロネである必然性がないということだ」

「……『双剣士《そうけんし》』としてでも、彼女は十分に旅団に貢献してきたはず。あなたが作ったこの旅団の、初期を支えたメンバーだと聞いています」

「だからこそ、彼女の可能性については一通り模索した。それでもシロネを退団させたわけではないんだ。彼女が戻ってくる席は残っている」

ヨハンは机の上に置かれたチェスボードに、赤い兵士《ポーン》の駒《こま》を一つ置いた。それがシロネのことだとでも言うように。

「……呪《のろ》いの武器を装備してても、完全に正気を失わないメンバーだけを残すなんて。そんなことをしてまで、上に行かなくてはいけないのですか」

「残念ながら、時間は有限だ。探索者としての全盛期に一番区まで行けなければ、後は下がる一方だろう。若さを保つ方法なんてものがあるとしても、五番区までては見つけられていない」

「それでも……呪いの武器を使わなくても、段階を踏めば、私たちなら……」

「段階か。その段階を踏むためにどれだけ時間をかけたとしても、低確率の不幸を確実に避けることはできない」

ヨハンはやはり笑いながら言う。楽しそうに、吐き捨てるように言葉を続ける。

「即死攻撃を運良く避けて、迷宮の罠にもかかわらず、『秘神《ひしん》』とも消極的ながら協力関係を築けた。だが少しのズレで誰かが死んでいたかもしれないし、それは僕だったかもしれない」

「あなたは……この五番区では、最も強力な装備を所持している。レベルも……」

「レベル10の『名前つき』でも、レベル15の探索者の首を飛ばすことがある。『完全即死耐性』の装備がなければ、どんなに強くても、強力な装備を集めても、死ぬときは死ぬんだ。どんな防具も不完全でしかない」

五番区の序列一位に座り、四番区に手が届く位置にいるパーティのリーダーが悲観論を口にしている。しかしアニエスは、それを弱音とは受け取らなかった。

「……まだ、話してはくれないのですか？　あなたが『色銘の装備』を求めるようになった理由を」

アニエスの問いかけに、ヨハンは椅子に立てかけられた剣に手を伸ばし――黒い鞘に収められたそれの柄を握り、眼前にかざした。

「『呪い』が、僕らを『選別』する。迷宮で死神に出会ったとき、彼らを打ち払う手段が必要だ。僕は死ぬことが何より怖い。皆と何も変わらないんだよ」

ヨハンは微笑を浮かべて言う。その笑顔は少年のように屈託のないものだった。

『白夜旅団《びやくやりよだん》』のリーダーとして無情な采配を振るう青年と、今ここにいる青年が同じ人物なのか、アニエスは分からなくなることがある。

「『緋の帝剣《スカーレットエンペラー》』は、あなたの剣と対になるもの。それをエリーティアに与えたのは……」

「『選定者』が持たなければ、『色銘の装備』は能力を発揮しない。探索者は初めから公平でも何でもない……アニエス、君が転生者でありながら、この国の人間しかなれない職業に変われたように」

「……家族を案じる思いが、あるのではないのですか。ルウリィのことも、あなたは忘れてなど……」

エリーティアの親友であり、『赫灼《かくしやく》たる猿侯《えんこう》』に捕らわれた少女。白夜旅団では、彼女の話題が出ることは無くなっていた。

アニエスは、ヨハンの方針を絶対とする旅団の中でも、ルウリィを救出することを最後まで諦めなかった一人だった。

「あの迷宮に入るまで、彼女はフェンシングの才能を活かしてはいたが、同年代の中では優れた『剣士』だという程度だった。五番区に上がる実力もなく、パーティの一員として経験値を吸って強くなっただけだ」

ヨハンが兄として、エリーティアのことをどう考えているのか。

迷宮国に来てからは家族の情を優先することなく、一人の探索者として、旅団の一員として見ていた――しかし、アニエスには一縷《いちる》の期待があった。

まだヨハンには、エリーティアを想《おも》う心がある。もしエリーティアが行き詰まったなら、手を差し伸べることをするだろうと。

だが、その期待を、ヨハンは夕闇に染まり始めた部屋の中で、薄く笑ったまま否定した。

「『死の剣《デスソード》』という名で呼ばれていることで、僕らは彼女が生きていることを確かめられた。彼女は『緋の帝剣』の力を使い、生き延びている。仲間を失って手に入れたあの武器を、自分の力として利用しているじゃないか」

「そのような言い方は……っ、エリーに対して、あまりにも……」

「彼女の目的は一時的なものにすぎない。あの猿侯が作り上げた『王国』は、周到で完成されたシステムだ……彼らが迷宮から出てこないよう、調整できているだけでも素晴らしい。あの猿どもの起こす『スタンピード』なんて、想像するだけで厄介極まる」

ギルドセイバーたちが『猿侯』に手を出すことができない理由は、かの迷宮に赴けば誰《だれ》でも分かることだった。

探索者は、攻略しやすい迷宮のみを選んで上の区に進むことができる。だからこそ生じてしまう、放置された迷宮――『白夜旅団』の一員であり、エリーティアの親友であった少女もまた、そのうちの一つで行方《ゆくえ》知れずとなった。

「僕は全《すべ》てのメンバーに、入団時に話している。もし迷宮で脱落することがあっても、リスクが大きければ救助は行わない。それは組織を維持するために、迷宮国で採用されることの多いルールだ」

「……たとえ初めにそう決めていても。割り切れる人が、全てではありません」

「僕も迷いはした。貴重な『治癒師《ヒーラー》』を失うのは惜しいと思った……だが、彼女はスキルの取得でミスをしていた。『旅団』に最適化されたスキル構成の『治癒師』が、これから見つかることもあるだろう」

「……そうやって、いつか私のことも……」

アニエスははっきりと言葉にはしなかった。ヨハンにそれが届けば、この旅団に残る資格を失うと分かっていたからだ。

「いつか必ず、エリーティアは戻ってくる。より強くなって、僕らの力になってくれるだろう」

そう言って笑うヨハンは、エリーティアがどんな言葉を残して旅団を去ったのかを知らない。アニエスはその事実も飲み込み、胸に留めた。

「……自室に戻り、次の指示を待ちます。シロネの足跡については可能な範囲で調べさせてください」

「君まで五番区を離れるというのは困る。使えるものは使って調査するといい」

アニエスが部屋を出ると、魔道具の明かりが廊下を照らしていた。赤い絨毯の上を歩きながら、アニエスは無意識に近く、思いを言葉にしてこぼした。

「エリーティア……シロネ。どうか、無事でいて」

第一章　原色《げんしょく》の台地《だいち》　その深部

一　止水

　ここに来るまでに目にした泥人形のような敵は、『泥巨人』を出現させるために倒されたということらしい。

『泥人形』を動かしている『呪魂石《じゅこんせき》』を集めると、特殊条件で『泥巨人』が呼び出されるという――シロネはその条件を満たし、『操魔の呪符』というものを使って『泥巨人』を操り、『フォーシーズンズ』にけしかけたようだ。

　エリーティアは自分が『旅団』を抜けるとき、シロネのレベルが12だったと言っていたが、そこまでの高レベルになると『名前つき』を操り、悪用することもできるということか――レベル差があったから可能なことなのか、『泥巨人』が操れる種類の魔物なのか、現状では定かではない。

「アリヒト、『泥巨人』と戦ったからレベルが上がっているんじゃない？」

「ああ、確かめてみるよ……俺とテレジア、五十嵐さんのレベルが上がってるな」

　不測の事態とはいえ、パーティ全員で揃って『泥巨人』を倒せなかったのは経験値の観点では惜しいところだ。『フォーシーズンズ』もレベルが上がっている可能性はある――苦戦したとはいえ、結果的には全員が無事だったのだから。

◆現在のパーティ◆
1：アリヒト　◆×□#　レベル7
2：テレジア　ローグ　レベル7
3：キョウカ　ヴァルキリー　レベル6
4：エリーティア　カースブレード　レベル10
5：シオン　シルバーハウンド　レベル6
6：メリッサ　解体屋　レベル6

レベルが上がったメンバー以外もやはり『名前つき』の経験値は大きく、ライセンス上の経験値を示す玉のような表示は、高レベルのエリーティアでも5個ほど溜まっている。10個でレベルが上がるようだが、現状ではメリッサも一気にかなり溜まっているので、レベルアップは遠くなさそうだ。


「いつもは探索が終わったあと、ギルドで報告するときにレベルアップを確認してたな」

「探索中も上がってはいるんだけど、スキルはゆっくり考えたいから、基本的にはそれでいいと思うわ」

「取れるスキルが増えてることは、念頭に置いておこう。エリーティア、教えてくれてありがとう」

「……こんなときだけど、人のレベルが上がるのを見るのもわくわくする」

メリッサは珍しい魔物だけでなく、人間にも興味を持ち始めているようだ——と、それはあまりな物言いだろうか。俺としてもメリッサは取れるスキルが多いので、レベルアップを楽しみにする気持ちはある。勿論、パーティの全員に対して思っていることだが。

「それにしても、本当に広いな……」

「後部くん、このまま真《ま》っ直《す》ぐでいいの？」

「はい、シロネが行った方向は何となく分かるというか……さっき技能を使われたからかもしれません」

俺だけに限定して『帰還の巻物』の効果を発動させることを可能にした技能『マジックマーキング』。あれの影響だろうか、いつまでなのか分からないが、マークした主であるシロネの向かった方向が何となく分かる。

（迷宮から出るまでとか、時間で効果が切れるようなら有り難いが……）

シロネに会ったときに解除を頼むということも考えられる。まともに話せる状態なのかは分からないが、だからこそ放ってはおけない状態だ。

今はシロネを追うことだけを考える。『原色《げんしょく》の台地《だいち》』はやはり一層ごとがやたらと広大だ――似たような地形も多く、どれだけ進んでいるか分かりにくいというのも、広いという認識に拍車をかけている。

俺たちが『泥巨人』と戦っていた場所以外も、二層の地形は池のような大きさの水たまりばかりで、サンショウウオのような魔物などがいる。

◆遭遇した魔物◆

スロウサラマンダーA：レベル6　友好的　耐性不明　ドロップ：？？？

スロウサラマンダーB：レベル7　睡眠　耐性不明　ドロップ：？？？

長い尻尾《しっぽ》を含めた体長は2メートル近くにはなりそうで、枝のような触角が生えているが、あれを使って何か攻撃をしてくるのだろうか――水たまりから顔を出してこちらを見る姿には、なんとも愛嬌がある。

「こんなときだけど、なんだかのんびりした魔物ね……ぬいぐるみみたいな顔だし……」

「かわいいように見えるけど、あの種の魔物は外部から刺激されたり、雨が降ったりすると活発になって攻撃してくるわよ」

「エリーさんは詳しいのね……そ、そういうことなら、油断しちゃいけないわね」

「『スロウ』ってことは、相手の速度を下げる攻撃でもしてくるかもしれないな。『投擲《スロー》』って意味も考えられるが」

「っ……」

膝の上に乗っているテレジアが反応する――前方の、どうしても抜けなければならない、池に挟まれた経路に、怒った様子の『スロウサラマンダー』が待ち構えている。

「あいつ……何か、口にくわえて……」

「……シロネが持っていた双剣だと思う」

可愛《かわい》いようだが油断はできないと、エリーティアが言った通りだ。

『泥巨人』を倒したとき、エリーティアの『ブロッサムブレード』のダメージがシロネにも『反射』したと表示されていた。シロネは『泥巨人』を操ることができたが、操った対象を撃破したとき、ダメージがシロネにも跳ね返るというリスクがあったようだ。

「シロネはかなりのダメージを負っていた……今の状態では、いくらレベルが高くても、この魔物を倒すことはできなかったんだろう」

「武器も失って、それでも奥に行こうなんて……」

エリーティアには複雑な感情があるようだ。シロネがしていることは、客観的に見ても、自殺行為に他ならない。

「……シロネが攻撃をして、魔物たちを『敵対』状態にした。その彼女が索敵範囲を外れたから、私たちを狙《ねら》ってくるわよ……！」

まだ距離に余裕があるが、アルフェッカの走行スピードではすぐに接敵する。『オーラスパイク』などを使った体当たりに頼れないかと考えるが、アルフェッカの霊体は、半透明で表情がはっきり見えないものの、何か躊躇《ためら》っているように見えた。

「どうした？　アルフェッカ。もしかして、ああいうタイプの魔物は苦手とか？」

『得手不得手というものはある。私たちは魔法に耐性を持っているが、完全というわけではない』

アルフェッカに代わって、ムラクモが語りかけてくる。つまり、『スロウサラマンダー』の使ってくる攻撃が苦手だということか。

『私は速度を低下させられるような攻撃を得意としていない……状態異常を解除する技能は、穢れなき乙女の血を必要とするため、濫用はできない』

遠距離攻撃として『ローズジャベリン』なども使えるはずだが、そうしないのは苦手な魔物だからだろうか。

人と変わらない感情を持っている『アーマメント』に、命令を無理強いしたりはしない――『アーマメント』の二人もパーティの一員だと考え、苦手は相互に補い合うべきだろう。

「五十嵐さん、遠距離攻撃で仕掛けてみましょう！」

「了解っ！」

「アォォーンッ！」

五十嵐さんはシオンに騎乗して、まるで女騎士のように勇壮な姿を見せてくれる。白銀の鎧もあいまって、絵になると言うほかはない。

◆遭遇した魔物◆
スロウサラマンダーD：レベル7　敵対　耐性不明　ドロップ：？？？　所持品：ヘブンスティレット＋4
スロウサラマンダーE：レベル7　敵対　耐性不明　ドロップ：？？？　所持品：★ブラッドサッカー＋3

シロネの双剣は一本ずつ、別の『サラマンダー』が持っている——長い尻尾で巻き取り、こちらに振るうこともできそうだ。

『——やはり、この種の攻撃は……厄介も極まれり……っ』

『サラマンダー』たちが触角のようなものをこちらに向ける。そして俺たちが仕掛ける前に、まだ距離があるところから、『何か』をした。

◆現在の状況◆
・『アリヒト』が『鷹の眼《たかのめ》』を発動　→状況把握能力が向上

・『スロウサラマンダーD』が『止水の呼吸』を発動　↓対象：中範囲
・『スロウサラマンダーE』が『止水の呼吸』を発動　↓対象：中範囲

その攻撃は不可視――いや、『鷹の眼』でようやくわずかに見えるほどの、極めて視認が難しく、範囲を見切りにくいものだった。
俺にできることは一つ――何をされるのかが分からなくても、スリングショットで五十嵐さんの狙っていない一体を狙う、ただそれだけだった。

◆現在の状況◆
・『アリヒト』が『フォースシュート・フリーズ』を発動
・『キョウカ』が『サンダーボルト』を発動
・『止水の呼吸』が命中　↓『アルフェッカ』『メリッサ』『エリーティア』が『低速化』『テレジア』が無効化
・『止水の呼吸』が命中　↓『シオン』『キョウカ』が『低速化』
・『止水の呼吸』が共鳴　↓『低速化』レベル2に強化
・『キョウカ』の『サンダーボルト』の発動が遅延

「うぉおっ……！」

「っ……!?」

（なんだこの技は……ろくに見えもしないし、効果が強烈すぎる……！）

アルフェッカとシオンが、同時にぐんと減速する――『低速化』しなかった俺とテレジアは慣性で宙に投げ出されるが、空中で『八艘飛《はっそうと》び』を発動してテレジアを抱き上げ、何とか足場に着地する。

テレジアを膝に乗せていたことが、こんな形で幸いするとは思わなかった――装備の耐性か、それとも本人の特質によるものか、彼女が『サラマンダー』の技を遮断してくれたのだ。

五十嵐さんの『サンダーボルト』が効果を現し、空間を駆け抜ける前に、稲光をバリバリと放っただけで止まってしまう。技能まで『低速化』させられるということだ。

――だが、俺の技能はキャンセルされていない。スリングで放った『氷結石《ひょうけつせき》』の力を込めた魔力弾が、『サラマンダー』の一方の頭部に命中していた。

「……ギィ……イィ……」

◆現在の状況◆

・『フォースシュート・フリーズ』が『スロウサラマンダーD』に命中　弱点攻撃　凍結

『サラマンダー』の頭部の触角が見事に凍りついている――ダメージも小さくはなかったようだが、やはり支援ダメージを利用しなければ決定打は与えにくい。

（それにしても厄介すぎる……動けなくなるわけではないが、命中すると速度が数割も削られる……！）

「なに……これ……動きが……ゆっくりに……」

「こん……な……攻撃、この……階層、で……」

二体の『スロウサラマンダー』の技が共鳴し、状態異常の効果が増している。もし一体ずつだったなら、これほど遅くさせられることはなかっただろう。

シロネはこの技の範囲を逃れるために、武器を投擲《とうてき》して逃げるしかなかったのだろう。この『サラマンダー』が『泥巨人』との戦いに割り込まなかったのは、今にして思うと幸運だった。

「……ギ……」

「……クァ……」

凍結状態の『サラマンダー』は動けないでいるが、もう一体の『サラマンダー』は、大きな口を開けてこちらを威嚇したあと、這うようにして移動してくる。コモドドラゴンとまではいかないが、思っていた以上に移動速度は速かった。

『敵の……攻撃範囲より、引く……このままでは……』

ここまで強力な状態異常を持っているとなると、なるべく避けたい相手ではあった――しかしアルフェッカは『泥巨人』との戦闘で魔力を使い果たしており、ここに来るまで、空中を浮遊して走行する『フローティング』を発動することができなかった。自分たちの足で走ったとしても、ここで『サラマンダー』二体と遭遇することは避けられなかっただろう。

ならば、戦うしかない。行きがかり上、シロネの武器を回収することにもなる。

「テレジア、一つ頼みがある……俺の前、できるだけ近くにいてくれるか。そうじゃないと、あの『低速化』が俺にも効いてしまう可能性がある」

「…………」

テレジアはこくりと頷《うなず》き、『レイザーソード』と『円盾《タージェ》』を構える。みんなの状態異常が時間経過で解除されることを期待しつつ、二人で撃破を狙う――迫ってくる『サラマンダー』に初手の一撃を叩き込むべく、俺はスリングを構えた。

二　水精

ずりずりと這いずりながら、『サラマンダー』がこちらに向けて口を開く――低速化攻撃ではなく、周囲の水溜まりから水の球が浮き上がる。

「――させるかっ！」

「……クァッ……！」

◆現在の状況◆
・『スロウサラマンダーE』が『アクアエレメンタル』を発動　↓『アクアエレメンタル』が自動攻撃を開始
・『アリヒト』が『フォースシュート・フリーズ』を発動　↓『スロウサラマンダーE』に命中　弱点攻撃　凍結

「っ……！」

「――クォォッ……!!」

『サラマンダー』の技が、俺の攻撃が着弾する前に発動を終える――浮かび上がった水の球は、ドクン、ドクンと脈動しているように見える。

『名前つき』でもない、通常に生息している魔物がこれほど多彩な攻撃を持っているとは――泣き言を言っても仕方がない。今まともに動けるのは俺とテレジアだけだ。

テレジアが盾を構える——そして一瞬後ろにいる俺をうかがう。たったそれだけでも、彼女が何をしようとしているのかが伝わる。

「頼む、テレジアッ！」

「——ッ‼」

テレジアは『アクアエレメンタル』に向けて突進する。水の球は大きく脈動し、テレジアに向けて猛烈な速度でジェットのように水を噴き出す——しかし。

◆現在の状況◆
・『アクアエレメンタル』が『水の戯れ』を発動
・『テレジア』が『蜃気楼』『シャドウステップ』を発動
・『テレジア』が『水の戯れ』を六段回避

空気に溶けるように揺らいだテレジアの姿が、幾つにも分身して見える——『アクアエレメンタル』の放ったジェット水流は、当たったように見えて残像を貫通するだけだ。

（テレジア……回避してるだけじゃない。俺に流れ弾が当たらないようにまで……！）

◆現在の状況◆
・『アリヒト』『テレジア』の信頼度ボーナス　↓　『回避連動』が発動

テレジアは敵の攻撃を誘導する位置に動き、後方にいる俺を避けるように水流が放たれる――この猛攻のさなかだというのに、全く危険を感じない。

このチャンスを逃すわけにはいかない。俺はテレジアと連携し、一気に勝負を終わらせにかかる。

「――凍れっ！」

「……っ！」

◆現在の状況◆

・『アリヒト』が『フォースシュート・フリーズ』を発動　→『アクアエレメンタル』に命中　弱点攻撃　凍結

・『テレジア』が『アズールスラッシュ』を発動　→『アクアエレメンタル』に命中　凍結状態に特攻　一撃死

『氷結石《ひょうけっせき》』の力で敵が凍結したあと、テレジアが青い炎をまとう『エルミネイト・レイザーソード』を一閃する。両断された『アクアエレメンタル』は、一瞬で蒸発して消滅した。

「――クァ……ッ！」

凍結状態が解除された『スロウサラマンダー』のうち一体が、こちらに迫ってくる――『止水の呼吸』を発動されると、今の位置関係ではテレジアに庇ってもらうことができず、俺も『低速化』して戦力外になってしまう。

（水に棲む魔物なら、おそらく通じる……一か八か、やってみるか……！）

「――テレジア、『峰打ち』で頼む！」

「……‼」

◆現在の状況◆

・『アリヒト』が『支援攻撃2』を発動　↓支援内容：『バインシュート』

・『テレジア』が『スロウサラマンダーD』を攻撃

・『スロウサラマンダーD』が『蔓草』によって『拘束』

・『スロウサラマンダーE』の『凍結』が解除

テレジアが武器を当てた瞬間、発生した蔓草が『サラマンダー』に絡みついてその自由を奪う。もう一体が攻撃に移る前に、テレジアはその後ろにまで回り込んでいる――勝負は決した。

「っ……‼」

◆現在の状況◆

・『テレジア』が『アサルトヒット』を発動　↓『スロウサラマンダーE』に対して攻撃力2倍

・『テレジア』が『スロウサラマンダーE』を弱攻撃

・『スロウサラマンダーE』が『蔓草』によって『拘束』

「「……クァッ……」」

凍結していた敵の死角から攻撃したことで、テレジアの攻撃力が倍増している――それでは致命打になると判断したのか、テレジアはあえて攻撃をまともに当てず、柄の部分で叩《たた》いた。すると

『蔓草』が発動し、狙《ねら》い通りに倒さずに拘束することに成功する。

全長二メートルの山椒魚のような魔物が、蔓草に絡め取られて持ち上げられ、足をわたわたと動かしてもがいている。凶悪な能力を持つ魔物も、こうなってしまうと無力だ。

◆現在の状況◆
・『アルフェッカ』『メリッサ』『エリーティア』『シオン』『キョウカ』の『低速化』が解除

「っ……はぁ、やっと普通に戻った……ありがとう、後部くん、テレジアさん」

「……急に普通になると、物凄く自分が速く動いてる気がする」

「本当にね……速度を重視した職業にとっては、一番戦いたくない魔物だわ」

アルフェッカに乗ったメリッサとエリーティア、シオンに乗った五十嵐さんが追いついてくる。

『……マスターの判断は絶対であるが、私見としては討伐を支持する』

「俺も途中まではそう思ってたんだが、この能力はどこかで役に立つかもしれない。倒さなくても、持ってるものは調べれば分かるしな」

「そ、そうよね。こんなぬいぐるみみたいな魔物を解体するのは……」

「尻尾《しっぽ》が美味《おい》しいから、ときどき七番区で出回ることがある。皮を防具にすると『水属性耐性』がつくし、頭の部分を格闘用の武器にしたりもする」

人間とはかくもたくましいものか——と、魔物素材の恩恵を受けてきた俺が今更思うことでもないのだが。

「……あら？　後部くん、魔物の様子が……テレジアさんを気にしてるみたい」

「え……？」

『スロウサラマンダー』の動きをよく見てみると、捕まってからは小さく震えているように見える。その小さな目が捉えているのはテレジアだった。

「テレジアは『リザードマン』……この魔物は『サラマンダー』。もしかして、『リザード』を警戒してるとか……」

「「……クァ」」

エリーティアの推測が当たっているとでもいうように、『サラマンダー』が揃って鳴く。テレジアは静かに『サラマンダー』を見ているだけで――いや、ぺろ、と唇を舐《な》めているので、もしかしたら美味しそうだと思っているのか。

成功するかどうかは分からないが、そういうことなら『交渉』の余地はある。

「心配しなくても、食べたりはしない。安全な住処《すみか》を提供するから、後で俺たちと一緒に来てくれるか？」

「「…………」」

◆現在の状況◆

・『スロウサラマンダーD』『スロウサラマンダーE』の敵対度が消失　使役成功

返事はなかったが、どうやら同意は得られたようだ。『蔓草弾《つるくさだん》』を解除して『サラマンダー』たちを解放すると、逃げたりはせず、静かにこちらを見ている。

（ん？　これは……）

テレジアが『アクアエレメンタル』を倒したときに、小さな水色の結晶のようなものが落ちていた。拾い上げてみると、魔石よりも小さいが、何かに使えそうではある。

「あ……後部くん、この子たちの尻尾に何かくっついてる。魔石かしら」

「それと、シロネの武器も……どちらも破損はしてないわね、ねばねばしたものがついているけど」

「『サラマンダー』の皮膚を粘液が覆ってたみたいだからな……メリッサ、毒はなさそうか？」

「ない。料理をするときには塩でぬめりを落とす」

料理という言葉に反応したのか、テレジアのお腹《なか》が小さく鳴る。メリッサがツナギのポケットから干し肉を出して渡すと、テレジアはもくもくと口に運んでいた。

「シロネを見つけたら、帰って美味しいものでも食べようか」

「…………」

テレジアはこくりと頷《うなず》く。『スロウサラマンダー』を使役したからなのか、水たまりから姿を見せて敵対してくる個体はいなくなった——倒さないという選択が功を奏したようだ。

◆現在の状況◆

・『停滞石《ていたいせき》』を1つ取得
・『水精晶《すいせいしょう》』を1つ取得
・粘ついた『ヘブンスティレット＋4』を1つ取得
・粘ついた『★ブラッドサッカー＋3』を1つ取得

三　青い蝶

　水たまりの間を抜ける道を再びアルフェッカに乗って進み始めると、急に周囲の風景が変化し始めた。

「この感覚は……どうやら、転移してるみたいですね」

「目印も何もないと、少しびっくりするわね……急に霧が出てくるんだもの」

　シオンに騎乗して並走している五十嵐さんは、少し緊張した様子で言う。転移ではなく敵の攻撃だったりしたらとも思うが、シロネの足跡を追って行く先はこの方向しかないので、思い切って進むしかない。

　しばらくして霧が薄れ始める――二層は昼間だったのに、三層は夜の帳《とばり》が降りている。階層を移動して時間が大きく変化したのは初めてで、皆も驚いていた。

『原色《げんしょく》の台地《だいち》』の三層。先が見通せないほど広大な荒れ地に奇妙な形の大岩が幾つもあり、まばらに緑で覆われている。この光景は、記憶の中に似ているものがあった。

　南米の秘境、ギアナ高地。映像で見たときは昼だったが、あの場所が夜になったらちょうどこんな光景になるだろうか。

　大岩は道を形成するように、列柱のように立ち並んでいる。さらに左と右を見ると切り立った岩壁に突き当たる――峡谷のような地形だ。

「こんなところに住んでいる魔物は、どんな種類なのかしら……」

　エリーティアは暗い中では視界が狭いからということか、俺の後ろから身を乗り出してくる。おさげが頬《ほお》に触れて微妙にくすぐったいが、エリーティアが気にしていないようなので何も言わずにおく。

「私は夜目が利くから、暗くても大丈夫」

「…………」

メリッサは『ワーキャット』の能力を引き継いでいるからか、暗い場所でもよく見えるということらしい。テレジアも見えているようだが、蜥蜴《トカゲ》マスク越しの視界はどんなふうに見えるのだろう――暗視スコープのような見え方なのか、それとも普通に昼間のように見えているのか。

「シオンちゃんもよく見えてるみたい。匂《にお》いを追ってくれてるのかしら……みんな、少し後ろからついてきてくれる？」

「ワンッ」

五十嵐さんの言う通り、シオンは何もなさそうに見える場所に鼻を利かせながら進んでいく。足跡なども辿れたりするのだろうか。

周囲を警戒しながら慎重に進む。俺ももう少ししっかり見えないものか――と思った瞬間。

◆現在の状況◆
・『アリヒト』が『鷹《たか》の眼《め》』を発動　→状況把握能力が向上

（っ……そうか、鷹も夜目が利く生き物なのか）

フクロウなどの夜行性の種を除いて鳥は夜に目が見えないというイメージがあるが、どうやらそうでもないようだ。昼間ほど遠くまでは見えないが、一気に視界を確保することができた。

周辺の地形を見る限り、動くものは小さな生き物くらいしかいない。魔物の気配はないが、シロネの姿も見つけられない。

「……待って。シオンの様子が……」

エリーティアが何かに気づいたように言うと、シオンがある場所で足を止め、困ったようにその場で一回りしてうずくまってしまう。五十嵐さんが降りてシオンに語りかけるが、それ以上動かなくなってしまった。

「シオンちゃん、どうしたの？　シロネさんの痕跡が、ここで途切れてるっていうこと？」

「クーン」

シオンも困惑している様子で、五十嵐さんの差し出した手を舐め、伏せの姿勢になってしまっている。俺たちも追いついたところでアルフェッカから降り、周囲に気を配りながら何が起きているのかを確かめる。

メリッサは地面に這うようにして手がかりを探し始める——そして、しばらくして彼女は立ち上がり、小さく首を振った。

「かすかに残ってた足跡が途切れてる。跳躍でもしたみたいだけど、その痕跡もない」

辺りに生えている木や、ほぼ垂直に切り立った奇妙な形の岩を見てみても、シロネの痕跡は見て取れない。しかしシオンは確かにここまで、シロネの匂いを辿ってきた。

（ここで何が起きた……魔物に襲われた？　それにしては、まるでここで忽然と姿を消したみたいに見える。もしくは……）

「……まるで神隠しみたい。もしかして、空を飛ぶ魔物に捕まったとか……？」

五十嵐さんが空を見上げながら言う——薄霧がかかり、朧げな月が浮かぶ、白黒の夜空。『原色《げんしょく》の台地《だいち》』というには似つかわしくないモノクロの空は、いつもの迷宮と比べても現実味がなく、御伽話の世界じみている。

「シロネほどのレベルの探索者が、成す術もなく捕まるなんてことは考えにくいですが……状況から見て、可能性はありますね」

「ええ……もし空を飛ぶ魔物に攫われたなら、早く見つけないと。でも、かなり広い範囲を探すことになる」

方角は分かっても階層が広すぎるようでは、全くの無駄足を踏むこともありうる。

そして、もう一つの可能性――シロネ自身が、追跡を避けるために自ら行方《ゆくえ》をくらまし、身を隠しているということも考えられる。

『帰還の巻物』で迷宮の入り口まで移動し、隙を突《つ》いて逃げ出すことも不可能ではないかもしれない。ならば、この得体の知れない迷宮を闇雲に探し回るよりは、俺たちも脱出を考えるべきなのか――そう考えたところで。

何か、小さなものがひらひらと視界を横切る。

白黒の夜空の下で、『それ』は俺たちの前に姿を見せた。一匹の、青い蝶――。

◆遭遇した魔物◆
?青い蝶H：レベル3　中立　耐性不明　ドロップ：???


「この小さな蝶が、魔物……？」

「『中立』……っていうことは、敵対してこない魔物みたいですね」

ライセンスの表示を見る限り、この蝶は周辺にかなりの数がいるようだ。しかしひらひらと俺たちの周りを飛ぶだけで、何かしてくる気配はない。メリッサは蝶を目で追い、そして言った。

「……念のために、倒してみる？　シロネがこの魔物に会っていたなら、何か手がかりがある可能性はある」

「いえ、攻撃してはだめ。『中立』の魔物は、こちらから攻撃するとカルマが上昇してしまうから」

「そうなの？　カルマって、ギルドの規則を破ったときだけ上がるものじゃないのね……」

蝶は俺たちには近づいてこない。エリーティアの忠告通り、全く攻撃してくる気配がないものを攻撃するのは、普通に考えて悪行とされる行為だろう。

――しかし辺りを飛ぶ青い蝶の数は、一匹、二匹と増えていく。

そして増え始めた蝶は、なぜか蝶を倒すなと言ったエリーティアの周りに引き寄せられるように集まっていく。

「エリーさん、この場から離れた方がいいわ。いくら無害でも、魔物なら何か危険があるかも……」

五十嵐さんが声をかけたときだった。

「……エリーティア？」

「……私は……」

『――契約者に警告する。その周辺に出現している魔物は――』

エリーティアが何かを呟いた。同時に、アリアドネが警告してくる――それが全《すべ》て耳に届く前に。

「……違う……私は、人殺しなんかじゃない……っ！」

「――エリーティアッ！」

◆現在の状況◆
・『?:青い蝶H』が『ギルティフィール』を発動　↓対象：『エリーティア』
・『エリーティア』が『スラッシュリッパー』を発動　↓『?:青い蝶H』が回避
・『エリーティア』が『中立』の魔物に対して攻撃　↓『エリーティア』のカルマが上昇

『中立』と表示されていた魔物が、エリーティアに何かをした――そうとしか考えられなかった。攻撃するなと言った彼女自身が、『緋の帝剣《スカーレットエンペラー》』を抜き放ち、周囲をひらひらと舞う蝶に斬りかかる。その攻撃は当たったかのように見えたが、彼女の剣は空を切っていた。


「――エリーティア、しっかりしろ！　この魔物はまずい、一旦この場を離れるぞ！」

「っ……駄目……もう、遅い……私は……」

エリーティアに何が起きているのか。彼女は苦しむように頭を抱え、青い蝶はまるで彼女を責め立てるかのように、見る間に数を増やして辺りを飛び回る。

「後部くんっ、向こうから何か霧みたいなものが……！」

「……っ！」

『契約者に、一時離脱を勧告する。今から全力で離脱すれば、あの霧から逃げ切ることも――』

アルフェッカが警告する――しかし青い蝶に囲まれたエリーティアは、俺たちの声が聞こえていないのか、ただ立ち尽くすのみで自失状態に陥っていた。

「エリーティアッ、脱出するぞ！　エリーティア！」

「後部くん……っ、エリーさんを置いていくわけにはいかない。そうでしょう……!?」

五十嵐さんはエリーティアのカルマが上昇したことに気づいているのか、青い蝶に攻撃しようとして思いとどまる。

こちらから攻撃すればカルマが上がり、しかし『中立』であるはずの敵はこちらに何かをしてくる――そんな理不尽は簡単に起こるものではないというのは、あまりに甘い考えだった。

気を抜けば迷宮は一瞬にしてその表情を変え、探索者を喰《く》らおうとする。エリーティアの仲間もまた、おそらくその理不尽の犠牲になった――ならば。

（敵の技能で誘導されて、エリーティアは『中立』とされる魔物を攻撃してしまった……だが、その一撃だけで、もう取り返しがつかないなんてことは絶対にない。必ず全員で切り抜ける……！）

「――シロネはおそらく、あの霧に呑まれたんだ！　連れ戻せるとしたら、俺たちも同じ場所に行くしか方法がない！」

「ええ……そうね。私達も覚悟を決めなきゃ……その前に……っ、エリーさんっ！」

五十嵐さんは蝶をかきわけて、エリーティアに駆け寄る。一度は取り乱したエリーティアだが、五十嵐さんの声に反応して、振り上げた剣を力なく下ろす。

視界を埋め尽くすほどの霧が、すぐそこまで来ている。俺は『帰還の巻物』を使うという考えは捨て、押し寄せる霧に立ち向かう。

『契約者たちよ、我が陰に隠れるが良い。あの霧の中に求めるものがあるという予測は、おそらく的を射ている』

「ああ……そうだといいんだがな。状況に流されてることに変わりない……必ず、流れを変えるぞ」

『御意に』

アルフェッカの声が聞こえる。俺たちはその車体の陰に隠れる――霧が押し寄せてくる寸前に、エリーティアを抱きかかえた五十嵐さんが、俺たちのいる場所にギリギリで飛び込んできた。

霧とともに飛んでくる蝶の数は、先ほどよりも膨大な数に増えていた――エリーティアに近づくことはなく、辺りを霧が覆い尽くしたあと、空に向かって飛んでいく。

アルフェッカの陰から、俺は空を埋め尽くした蝶たちが、巨大な影絵を作っていく様子を見ていた。無数の蝶が集まり、一匹の巨大な蝶に変わっていく――初めから、一つの生命体であったかのように。

◆遭遇した魔物◆
☆憐憫の幻《げん》翅蝶《しちょう》：レベル8　警戒　特殊耐性　ドロップ：？？？

四　孤独

「はぁっ、はぁっ……」

走り続けて、迷宮の三層まで辿り着く。時刻が急激に変化して夜になり、私を追ってきていた山椒魚の魔物の気配は途絶えた。

左右を高い岩壁に挟まれた、峡谷のような地形。ところどころに奇妙な形の岩があって、そのうちの一つに私は近づき、背中を預けてもたれかかる。

「……こんな迷宮の魔物に、いいようにやられて……私だけじゃ、何も……」

『旅団』に入ってからは、パーティを組むのが当たり前になっていた。

入団する前の頃《ころ》に戻っただけ。所属していたパーティが壊滅し、あるときは放逐されて、あるときは騙されて捨て石にされたこともあった。

迷宮国で生きるということは、そういうこと。仲間を利用し、切り捨ててでも上に行こうとするくらいでなければ、どこかで妥協してわだかまり、安全に探索できる範囲の区に定住することになる。

上の区を目指さなくても、序列を上げることができなくても、穏やかな生活を送れるような仲間と出会えれば――そんな甘いことを想像していたのは、もうずっと昔の話。

貢献さえできていれば、旅団には居場所があった。団長は、私の存在を認めてくれていた。けれど、今の旅団が目指す場所に行くまでには、私は必要ない。私は『双剣士《そうけんし》』だった頃にも、双剣型の『色銘の装備』を使うことはできなかった。

私にはもう何もない。自分でも分かっていた。みっともなく今の居場所に縋っていることも、報われない努力をして、温情に期待をかけていることも。

団長は決して、一度決めた判断基準を変えることはない。妹《エリー》の願いさえ聞き入れなかった彼は、血の繋がりもなく、役に立つこともできなかった私に、これ以上価値を見出《みいだ》すことはない。

『ここに残っていても、君に与えられる役割はない』

団長が私に言い渡した最後通告。私に与えられた最後の機会は、旅団を離れてエリーティアの剣を取り戻すことだった。

エリーティア以外に、あの剣は使いこなせない。それでも団長は、剣だけでも回収するようにと私に言った。それはエリーティアでなくても、他の誰かが剣を使えるならそれでいいということ。

エリーティアは『赫灼《かくしゃく》たる猿侯《えんこう》』に囚《とら》われたルウリィを助けることを諦《あきら》めていない。けれど旅団のメンバーは、彼女に力を貸すことを団長から許可されなかった。

一人になったエリーティアは、私と同じように路頭に迷っているかもしれない。『死の剣《デスソード》』と呼ばれて探索者たちから忌避されていることを噂《うわさ》で聞いた私は、彼女も一人でいるものだとばかり思っていた。

――エリーティアのことを七番区で見つけたとき。パーティで行動していると聞いて、私はすぐに自分の感情を受け入れられなかった。

「……私は、旅団に残ろうと頑張ったのに……頑張っても、一人なのに……」

旅団の副団長は、私のことを気にかけてくれていた。けれど、副団長にとっても団長の決定は絶対だった。

他の仲間は、双剣型の『色銘の装備』がもう一つ見つかる可能性の低さから、私がいずれ旅団から外されることを悟って、最低限の会話しかしなくなった。

エリーティアは呪《のろ》いの武器を使ってでもアドバンテージを得ようとする旅団の方針に反発していた。それなのに、団長から与えられた剣を使うことを拒絶できずに――選ばれて。見たこともない職業に変わって、レベル以上の強さを手に入れた。

あまりにも、理不尽だった。望んでも得られないものがあって、私はそれをエリーティアに持っていかれたのに、彼女は自分から手放して、自分だけが悲劇の中にいるような顔をしている。

「……ずるい……ずるいよ、エリーは……私だって……私は……っ」

頭の中がぐちゃぐちゃになる。この迷宮にエリーたちの知り合いのパーティが入っていくのを見かけて、その後を追って――『ゴーレム』系の魔物と出会ったときには、私はエリーのパーティを分断する計画を思いついていた。

あのときは上手《うま》くいくと思った。アリヒトへの『仕込み』も成功して、彼は戻ってこなくて、『フォーシーズンズ』は探索者としてリタイアすることになって――『かわいそうなエリーティア』を拾ったアリヒトは、それできっと責任を感じて折れてしまい、ルウリィの救出を諦めきれないエリーティアはまた一人になる。

そうしたら、きっと私はエリーティアを連れ帰ることができる。『緋の帝剣《スカーレットエンペラー》』を回収する任務を果たせば、旅団にいられる時間が延長される。

――それなのに。

それなのに、アリヒトは戻ってきてしまった。信じられないスピードで、そうすることが当たり前というかのように、壊滅しかけたパーティを救ってしまった。一人の犠牲者も出すことなく――彼が戦いの中で何をしていたのか、私は半分も理解できていない。

分かるのは彼が支援《サポート》系の職業でありながら、パーティの要《かなめ》であり、状況を落ち着いて分析する恐ろしいほどの冷静さと、仲間を鼓舞する勇敢さを併せ持っていること。

『俺たちはエリーティアを決して死なせたりしない』

迷いなくアリヒトは言った。どんなパーティのリーダーも、迷宮の残酷さを知れば『決して死なせない』なんてことは言えなくなってしまうのに。

『それに彼女の目標は、俺たちの目標でもある』

どうしてそこまで言えるのか。エリーティアの目的は、アリヒトにとっても途方もなく高い壁の向こうにあるもののはずなのに。

迷宮は、命を賭けて潜るものなのに。他人の目的のために潜るなんてことは、自分に利益がなければ誰《だれ》もしようとしないはずなのに。

ギルドセイバーでさえ、目的があってギルドという組織の管理下に属している。彼らは自分たちの任務以外で、一般のパーティに協力することは原則としてありえない――それなのにアリヒトたちには、ギルドセイバーの何人かが個人的に協力していた。

分からない。まだ彼はルーキーといえるような日数しか、迷宮国で過ごしていないはずなのに。

エリーティアはアリヒトに全幅の信頼を置いて、彼は不可能を可能に変えて、きっとこれからも止まることなく進み続ける。

身体《からだ》から力が抜ける。自分がどこに立っているのかも分からなくなる。

――エリーティアが、羨ましくて仕方がなくて。

「……私と何が違うの？　どうして私は……」

自分でも分かってる。私が自分で人を陥れるような方法を選んで、法に裁かれる立場になった。

誰にも気づかれないなんてことはありえない。私のカルマはあのパーティに魔物をけしかけたことで大きく上がり、どの区にいても手配される立場になってしまっている。

カルマがゼロになるまで、私はギルドセイバーによって拘束される。レベルは下がり、貢献度も失われて――旅団の一員としてでなければ、五番区に入ることだってできなくなる。

「……全部無くなっちゃった。やだな……もう二度とこうならないようにって……」

自分でも虚しいことと分かっていても、泣き言を言わずにいられない。アリヒトを挑発したときの自分を思い出して、自己嫌悪が溢れる。

もしアリヒトを連れ帰れていても、私が団長にとって無価値なことに変わりはない。

分かっていたのに、ありもしない未来に縋っていた。こうなったのは自業自得で、それでもギルドセイバーに自分から出頭するなんてことはできない。

――そのとき、ひらひらと、視界の端を青いものが横切った。

「……蝶……こんな小さな蝶が、魔物……？」

◆遭遇した魔物◆
？青い蝶Ａ：レベル３　中立　耐性不明　ドロップ：？？？


迷宮の魔物は、必ずしも全部が探索者に敵対するわけじゃない。中には中立の魔物もいるし、意思の疎通ができる種もいる。

この蝶は、ギルドで確認されていない。『青い蝶』というのは未識別の名前で、未だに正体が掴めていないか、誰も討伐して素材を持ち帰っていないことを示している。

この場に来たのがレベルが低い頃だったら、関心を持ったかもしれない。けれど今の私にとっても、旅団にとっても、レベル３の魔物がもたらす利益はほとんど無い――『名前つき』でもなければ。

「……ばかみたい」

まだ旅団のことを考えている。団長に言い渡されるまでは、旅団の一員でいられると思っている。そんな甘い自分が嫌になる。

私がこのまま迷宮の奥に進んで、生き延びられたとしても旅団には帰れない。エリーティアを連れ戻すこともできず、武器を失って、旅団から抜けなければ迷惑をかけるほどにカルマを上げてしまった。

『――彼女は武器に選ばれなかった。その時点で、残念だがこの区に置いていくしかなくなったのさ』

「っ……団長……⁉」

どこからか、声が聞こえる。ここにいるはずのない、団長の声——穏やかなのに氷のように冷たくて、聞くだけで意識を強く惹きつけられる。

ここに団長がいるはずはない。これは何かの幻——でも、聞こえてくる声は団長の声そのもので、私の心をかき乱す。

『シロネのありかたを忠実とは言わない。一度捨てられた経験が、僕に対する執着を生んでいるだけだ。僕はシロネにとって特別ではないし、彼女も同じだろう』

「そんなこと……っ、私は、旅団のために……っ！」

——冷静になることなんてできなかった。幻か、それとも魔物の攻撃だと分かっているのに、私はその声を無視することができなかった。

それは『本当に団長が思っているかもしれないこと』だと、私自身がずっと恐れてきたことそのものだった。

『職業まで変えて旅団のために尽くそうとした彼女を、切り捨てるのですか』

今度は別の声が聞こえてくる。私より後に旅団に入って、今は旅団にとっても、団長にとっても不可欠の存在となった女性——副団長のアニエスさん。

『呪いの武器を使うことができなくても、探索者としては十分に——』

『活躍できるとしても、それは常人の範囲内だ。あの化け物たちに割って入るためには、必ずパーティの八人から外れないだけの力が必要だ。シロネがその力を手にする可能性は、現状では限りなく低くなった』

「……やめて」

蝶が増えている。一匹だけだった蝶が、今は二匹になって――その数が何を意味するのかに気づいた私は、何も考えられなくなった。

◆現在の状況◆
・『?青い蝶A』が『ギルティフィール』を発動 ↓対象:『シロネ』

『メンバーは入れ替わることが前提だ。シロネだって、ずっとここに居られるなんて思っていたわけじゃ――』

「っ……‼」

◆現在の状況◆
・『シロネ』が『妖斬符《ようざんふ》』を発動 ↓『?青い蝶』2体に命中
・『?青い蝶』を2体討伐
・『シロネ』が『中立』の魔物に対して攻撃 ↓『シロネ』のカルマが上昇

外套の内側に貼った呪符の一つを、取り出しざまに発動させる――発生した魔力の刃は、ひらひらと舞う蝶を逃さずに切り裂いた。

団長がそう思っているのだとしても、私は聞きたくなんてなかった。一番聞きたくない言葉だった。

それをこの蝶が聞かせているのは間違いなかった。『ギルティフィール』という技能は、私が一番聞きたくない言葉を、言ってほしくない人の声で聞かせる。

――まるで、自分に対する攻撃を誘っているかのように。

「……私をそんなに責めたいの？　何も知らないくせに、私が悪いって言うの⁉」

感情が抑えられなくなる。倒したはずの蝶が次から次へと飛んできて、瞬く間に視界を埋め尽くすような数まで増える。

響いてくる声が頭の中で混ざり合う。団長の声、副団長の声――私のことを気にかけてくれていた副団長も、団長に対立するような意見を出したりはしない。それは末端の私を切り捨てても仕方がないと思っているから。

そんなことはないと分かっている。副団長は本気で私のことを心配してくれていた――そうだった、はずなのに。

『……団長の決定であれば、私は団員に理解を得られるよう努めます』

きっとそう言って、私のことなんてすぐに忘れてしまう。ルウリィの時だって、副団長は第二隊を救出に向かわせるなんて一度も言わなかった。

「……一番ばかなのは、私だ」

ルウリィを助けようとするエリーティアのことを否定すれば、団長の側《そば》にいられると思った。必死で頑張ってるあの子を笑った。

アリヒトと出会うことができたエリーティアは、私のことをこう思っていたと思う。

――自分の哀れさに気づかないふりをする私を、可哀想《かわいそう》だと。

◆現在の状況◆
・『シロネ』が『殲光符《せんこうふ》』を発動　↓『?青い蝶』16体に命中
・『シロネ』が『中立』の魔物に対して攻撃　↓『シロネ』のカルマが上昇
・『?青い蝶』が『群体形成』を発動
・『☆憐憫の幻翅蝶』が1体出現

いつの間にか、濃い霧に呑まれていた。目の前の蝶しか見えていなかった私は、霧が音もなく近づいていたことに気がつかなかった。

——そして空を見上げた私は、翼を揺らめかせて浮かぶ巨大な蝶の姿を見た。

◆現在の状況◆
・『☆憐憫の幻翅蝶』が『贖罪の痛覚』を発動　↓対象：『シロネ』
・『シロネ』がカルマに応じたダメージ　カルマが減少

「あぁぁっ……ぁ……うぁぁぁっ……‼」

全身に激痛が走る。意識を保っていられないほどの痛みに、私は地面に転がって苦しみ喘ぐ。

一気に持っていかれた——私が『青い蝶』を倒してカルマを上昇させていた分だけ、大きな反動を受けた。分かっていても、どうすることもできない。

◆現在の状況◆

・『☆憐憫の幻翅蝶』が『無辜の静謐』を発動　→地形効果：徐々にカルマが低下
・『☆憐憫の幻翅蝶』が『幽閉の繭』を発動　→対象：『シロネ』

探索者の中で、一時期噂になったことがあった。

罪を犯した探索者の前に姿を現す魔物がいる。その魔物に襲われた探索者は、迷宮からは未帰還となる。

人間の代わりに、魔物が罪を裁く――そんなことがあるわけがないと、旅団のメンバーも否定していた。

カルマが上がるほど多くの体力を奪い取る技。そして動けなくなった私に吐きかけられた白い糸が、身体《からだ》の自由を奪っていく。

これが私に与えられた罰なら、受け入れなければならない。

団長のことも、副団長のことも、私は信じることができなかった。

青い蝶がまやかしを見せただけだと分かっていたのに、感情に任せて呪符を使った。それさえしなければ、こんな痛みを味わうことはなかったはず。

（……これで、終わりだ。私は、終わったんだ……）

糸に絡め取られて、何も見えなくなる。辺りを覆い尽くした霧が薄れていく――私は、どこかに連れていかれようとしている。

最後に私の脳裏を過ぎたものは、アリヒトの姿だった。

車輪に乗って助けに現れた彼の姿を、彼の仲間たちはきっと眩しいと思っただろう。

私には、とても遠いものだった。

長い間、私が憧れてやまなかったものがそこにあった。

◆現在の状況◆

・『幽閉の　』が時　経　により特殊　果を発現　↓『シロ　』が隔　空間に転

・『☆憐　の幻翅　』が『群　形成』を解除

第二章　月下の蝶

一　罪業

「エリーさん、落ち着いて！　エリーさんっ……！」

エリーティアはアルフェッカの陰に隠れていることができずに、剣を握って飛び出そうとする。五十嵐さんが後ろから組み付き、メリッサも協力して辛うじて止めてくれたが、それでもエリーティアは周囲を飛び回る蝶を見ている。

「エリーティア、一体……」

俺は彼女の表情を見て息を呑んだ。そこにあったのは敵意でも、怒りでもない。

――エリーティアは唇を震わせて、怯えていた。

「……そんなこと……アリヒトも、スズナも、私のこと、怖がったりなんて……」

ライセンスには『青い蝶』が『ギルティフィール』という技能を使ったと表示されている。エリーティアに何が起きたのかまでは表示されていない――酷なことだと分かっているが、彼女に聞く以外にはない。

「俺はエリーティアを怖いと思ったことは一度もないよ。これから変わるなんていうことも絶対ない」

「……分かってる……でも、本当は……」

エリーティアは俺の方を見ようとせず、五十嵐さんに抱きとめられたまま、俺に背を向けている。

「言葉だけじゃ難しいのかもしれないが、信じてほしい。俺はエリーティアを恐れたりしない。もし嘘《うそ》をついたら、その時は……」

『その先は言わぬほうがいい。契約者よ、ここに至るまでの経緯を注意深く考慮せよ』

車輪の化身であるアルフェッカの幻像が、輿の上に現れる――そして、俺に忠告する。

（経緯……エリーティアはあの蝶に何かをされて、攻撃を仕掛けた。それが『中立』の敵に攻撃したということになって、カルマが上がった……）

「あの蝶は、探索者がカルマを上げるように誘っている……おそらく、カルマに関わる能力を持っているんだろう」

「それなら、どうしてエリーさんだけが……？」

他のメンバーは、あの蝶に何もされていない。蝶がなぜエリーティアだけを標的にして、俺たちに『ギルティフィール』を使わないのか――偶然か、それとも確たる理由があるのか。

「……私が、罪を犯したから。それを、償っていないから……償わずにカルマを相殺しただけじゃ、まだ何も……っ」

「エリーティア、落ち着いて。このままだと、命取りになる」

メリッサの声はいつも通り淡々としているが、はっきりと危惧を言葉にする。それでもエリーティアはまだ青い蝶に意識を囚《とら》われていた。

「……敵が何かを仕掛けてくる前に、理解しておかないといけない。エリーティア……あの青い蝶は『ギルティフィール』という技能を使ってきた。エリーティアに一体何が起きたんだ？」

「辛いなら話さなくてもいい……でも、話してくれたら全力で力になるわ。私なんかじゃ力不足かもしれないけど」

五十嵐さんの語りかけに応じて、エリーティアは剣を握る手から力を抜く。そして俺の方を振り返らないままに、小さな声で言った。

「……アリヒトも、スズナも……みんな、本当は私のことを怖がってるって……私のことが怖いから、仕方なく一緒にいるだけだって……みんなの声がして……っ」

――そんなことを聞かされて、冷静でいられる人間がいるだろうか。

青い蝶はエリーティアに技能を使ったにもかかわらず、カルマは上がらなかった。グレイが『トリックスター』で技能の発動を隠蔽したというのとは違う。

「……罪悪感《ギルティフィール》を刺激しただけってことか。それでカルマが上がらないなんて、詭弁もいいところだ」

「後部くん……」

誰《だれ》だってそうだ。人間関係の中で、他人の一つの側面しか見えなくても、それでも相手を信じようとするから生きていける。

俺たちが本心ではエリーティアを恐れている。そんなエリーティアの不安に付け込んで、攻撃させて――それを業《カルマ》だと言うのなら。

「いいだろう……それがルールなら付き合ってやる」

カルマは迷宮国の探索者が遵守する法を体現するものだ。上がってしまえばギルドセイバーに拘束され、何らかの罰則を受ける。

シロネはカルマが上がった状態であの蝶に遭遇し、そして足跡を絶った。つまり、カルマが上が

った状態の今のエリーティアが戦うのは危険だ。この場を一度離れることをまず考えるべきだろう

――しかし。

『この霧の中からは、何らかの方法で霧を解除するまでは逃れられぬ。そして、私は車輪を動かすことができぬ……動けばあの蝶に触れることになる』

「ああ、ここは俺たちで何とかする。あの大きな蝶は『中立』とは表示されてなかったから、攻撃はできないわけじゃない……」

「――エリーさんっ⁉」

アルフェッカの陰から飛び出し、エリーティアが青い蝶に斬りかかろうとする――もう、これ以上カルマを上げさせるわけにはいかない。

「――エリーティア、誘いに乗るな！」

◆現在の状況◆

・『アリヒト』が『支援高揚1』を発動　→『エリーティア』の士気が13上昇

・『エリーティア』が士気を消費して『混迷』から回復

「っ……アリヒト……」

◆現在の状況◆

・『アリヒト』の『支援回復1』が発動　→『エリーティア』の体力が全快

少しでも気付けになればと『支援回復1』を発動する――士気消費で踏みとどまれたのは幸いだったが、それだけでなく、少しでもエリーティアを安心させたかった。

「俺も皆も、絶対にエリーティアを傷つけない。信じてくれ……！」

「……私……私も、二度と疑わない……っ、でも……」

「――後部くん、なんとかしてあの蝶を倒さないと……そうじゃなきゃ、シロネさんを連れ戻すどころか、私たちも……っ！」

『憐憫の幻翅蝶』は『中立』とは表示されていない。しかし攻撃したときに、それを無視してカルマが上がるのではないかという疑念が、今さらになって拭いきれなくなる。

（カルマが上がれば何が起こる……それが致命的なものだとしたら、賭けに出ることもできない。奴《やつ》に攻撃を仕掛けてもいいと確信できなければ……それとも、何かあるのか？　カルマを上げずに攻撃する方法が、何か……っ）

「――後部くん、あの大きな蝶が何か……っ！」

◆現在の状況◆

・『☆憐憫の幻翅蝶』が『透明な触腕』を発動　→対象：『エリーティア』

月光を浴びながら、空に浮かぶ『幻翅蝶』の翅《はね》が淡く光を放つ。次の瞬間、俺は言いようのない悪寒を覚えて叫んでいた。

「――エリーティア、逃げろっ！」

「っ……!?」

エリーティアは俺の声が届くと同時に、後ろに跳ぼうとする――だが、間に合わない。

青い蝶の群れがエリーティアから離れ、目に見えない暴力が彼女に襲いかかる。

「ワォォーーーンッ‼」

「っ……シオン……！」

◆現在の状況◆
・『シオン』が『カバーリング』を発動　→対象：『エリーティア』
・『アリヒト』が『支援防御1』を発動　→対象：『シオン』
・『透明な触腕』が『シオン』に命中　『ハウンド・レザーベスト＋3』が破損

「キャゥンッ……‼」

「シオンちゃんっ……！」

『支援防御』でダメージを軽減しきれず、シオンが弾き飛ばされる――体力が全体の三割も持っていかれている。胴につけていた防具まで、一部が壊れてしまっていた。

あの高度から地上に攻撃ができる上に、この霧の中ではほとんど視認できない――『鷹の眼《たかめ》』で辛うじて見えたのは、透き通る巨大な腕のような輪郭だけだ。

「グルルッ……！」

「シオン、退けっ！　皆も気をつけろ、あの蝶は遠距離でも攻撃してくる上に、ほとんど見えない……！」

「敵だけ攻撃してきて、こっちは何もできないの……？　そんなのルール違反よ……！」

五十嵐さんが憤る――俺も全く同じ気持ちだ。相手は何をしてもカルマが上がらず、俺たちだけ上がるとしたら、『幻翅蝶』を倒せたとしてもメンバーのカルマが上昇した状態になってしまう。
しかしライセンスの表示に目を滑らせ、俺は理解する。

◆現在の状況◆
・『☆憐憫の幻翅蝶』のカルマが上昇
・『☆憐憫の幻翅蝶』が『無辜の静謐』を発動　→地形効果：徐々にカルマが低下

エリーティアを狙《ねら》った攻撃をシオンが『カバーリング』したことで、『幻翅蝶』のカルマが上昇した。その直後、『幻翅蝶』の様子が再び変わる――高周波のような音を発して、それが次第に小さくなって聞こえなくなる。

「……何が起きてるの？」

「敵もシオンに攻撃した時にカルマが上がったんです。それを下げようとしてる」

「カルマが上がったままだと、あの蝶にも不都合がある……？」

メリッサの言う通りなら、『幻翅蝶』のカルマを上昇させることで行動を封じることができるかもしれない。

エリーティアの上昇したカルマも地形効果で下がるとしたら、青い蝶は『ギルティフィール』を使わなくなる――とはいかなかった。

「……違う……アリヒトは、私のことを怖がってなんていない……違うっ……」

◆現在の状況◆
・『?青い蝶D』が『ギルティフィール』を発動　→対象：『エリーティア』

――エリーティアのカルマが下がりきっていないのか、それとも『ギルティフィール』はカルマに関係がないのか。

（……そんなことは今はいい。俺が今しなくちゃならないことは……！）

あの高度に浮かぶ『幻翅蝶』に攻撃を届かせる手段は、一つしかない。リスクは大きいが、少しでも早くエリーティアを助けなくてはならない――だから。

「みんな、悪い……少しだけ無茶をやる。あの蝶が高度を下げたら、そこを狙ってくれ……！」

「――後部くんっ！」

「っ……!!」

◆現在の状況◆
・『アリヒト』が『バックスタンド』を発動　→対象：『☆憐憫の幻翅蝶』

意識が一瞬途切れて、風景が変化する――重力から投げ出され、俺は『幻翅蝶』の裏を取っていた。

（ムラクモは……今は抜けないか……！）

『マスターに警告する。今回の魔物に対して、大きな打撃を与えることはリスクが伴う』

ムラクモを抜くことができる時は限られている――彼女自身が勧めないときも、力を借りることはできないということだ。

それなら俺が今できることは、なるべく最大のダメージを与えにいくことだ。少しでも『幻翅蝶』の高度を下げるために。

「――落ちろっ！」

◆現在の状況◆
・『アリヒト』が『フォースシュート・フリーズ』を発動
・『☆憐憫の幻翅蝶』が『フレアディビジョン』を発動　↓『アリヒト』の攻撃対象変更
・『フォースシュート・フリーズ』が『?青い蝶』３体に命中　弱点攻撃　凍結
・『?青い蝶』を３体討伐　↓『アリヒト』のカルマが上昇

「くっ……！」

『幻翅蝶』の身体《からだ》が揺らめくようにして消え、移動する――放たれた氷の魔力弾は、『幻翅蝶』の身代わりにでもなったかのように、青い蝶たちを射抜いてしまう。

（狙《ねら》いを他にそらす技……そこまでしてカルマを上げさせるのか……！）

しかしこの高度に上がった以上、タダで地上に降りるわけにはいかない――『バックスタンド』は俺の持つ技能の中でも魔力の消費が大きく、無駄撃ちはできないからだ。

（入手したばかりだが、魔法銃で『停滞石《ていたいせき》』を撃ち込むか……いや、また狙いをそらされる可能性がある……ダメだ、今は打つ手がない……！）

◆現在の状況◆
・『アリヒト』が『八艘飛び《はっそうと》』を発動

俺は『幻翅蝶』から距離を取るように空中で跳躍する。落下の寸前に再度跳躍すれば、無傷で降りられるはずだ。

――だが、俺は重力に身を任せて落下しながら、血の気が引くような感覚の中で、『幻翅蝶』が碧《みどり》の輝きを纏うさまを見た。

◆現在の状況◆
・『☆憐憫の幻翅蝶』が『贖罪の痛覚』を発動　→対象：『アリヒト』『エリーティア』
・『アリヒト』『エリーティア』がカルマに応じたダメージ　カルマが減少

「うぐぁっ……！」
「――あぁぁっ……‼」

全身を引き裂かれるような痛みが襲う――俺だけではなく、地上にいるエリーティアの悲鳴も聞こえた。

（まずい、意識が……このままだと地面に叩きつけられる……！）

「――ワォォンッ‼」

こうやってシオンに救われるのは何度目か――飛び込んできたシオンが俺を受け止め、辛うじて地面への衝突を免れる。

◆現在の状況◆

・『★修道士のアンク』の効果が発動　→致命打撃を回避　『瀕死《ひんし》』状態で経験追加

ペンダントのようにして首にぶらさげていたお守り――『修道士のアンク』が、じんわりと熱を放っているように感じる。俺はどうやら、シオンとこのお守りによってギリギリのところで救われたようだった。すぐに体力回復のポーションを口にするが、即座に全回復するわけではなく、目眩《めまい》のような不快感がしばらく続く。

（だが、あと一撃でも喰《く》らえば……確率で発動する『アンク』の効果が、二度も続けて効いてくれるとは思えない）

「――後部くん、返事してっ！　後部くんっ……！」

「っ……だ、大丈夫です……っ、生きてますよ、五十嵐さん……！」

「……全然大丈夫に見えなかった。心臓が止まるかと……」

「アリヒト、無理せずに一旦引いてっ……あの魔物に近づいちゃ駄目っ……！」

エリーティアの方が俺よりもダメージが少ない――体力の上限値が大きいこともあるだろうが、それにしても瀕死になった俺と比べるとダメージが浅い。

それは『青い蝶』３体を倒してしまった俺の方が、攻撃しただけのエリーティアよりカルマの上昇が大きいということだろう。地形効果によるカルマの低下もある。

（『贖罪の痛覚』でダメージを受けるとカルマは低下した……だが、俺の予想通りなら……）

「――アリヒト、蝶がっ……蝶から離れて、早くっ……！」

青い蝶が、仲間を傷つけた俺を責めさいなむように集まってくる。

「ガルルッ……！」

「シオン、待て！　攻撃はしちゃダメだ！」

アンクレットに装着した『火柘榴石《ひざくろいし》』の発動を、シオンはすんでのところで踏みとどまる。これでシオンのカルマも上がってしまうと、さらに事態は混乱することになる。

しかし『青い蝶』に手が出せないということは、今の『カルマが上昇したことのある』状態になった俺が、蝶の技能の標的になることを意味していた。

◆現在の状況◆
・『?·青い蝶J』が『ギルティフィール』を発動　→対象：『アリヒト』

耳を澄ましても聞き取れないほどの蝶の羽ばたきが、誰かの声のように聞こえてくる。

懐かしい――いや、それは違う。

古い記憶に残った声に似たその響きは、意識の泉に生まれたさざ波を、際限なく大きくする。

二　幻惑

『――ご親戚は、どうして引き取ろうとしなかったのかしら』

『やむを得ない事情だよ。母親の実家が資産家で、父親と駆け落ちをしたって話だから』

『それで小さな子を残して……さぞ無念だったでしょうね』

赤ん坊の頃《ころ》に親を亡くし、俺は一人になった。

自分では『天涯孤独』と思うことにしたが、それは本当のことじゃない。

親族の誰《だれ》も俺を引き取らなかった。実際に引き取られて、親族の間をたらい回しにされるようなことが無かっただけ、良かったのかもしれない。

しかし、時折感じることがあった。どれほど親身に接してくれても、施設の大人たちは、時折内心を態度に出した。

——飲み込まれた言葉は、こんなものではないかと想像することはあった。

『この子を病院に連れていくために、急いでいて事故に遭ったんですってね』

『相手の運転手は軽傷で、有人君もほとんど無傷で。心的外傷っていうけど、目覚めたらどんな気持ちになるでしょうね』

聞きたくない——聞いたとしても、俺はずっと聞こえないふりをしてきた。

大人になり、社会の歯車に組み込まれて、無心に働いていれば、俺はその感覚を忘れられた。やっと思い出さなくなっていたのに、傷は容赦なく抉られる。

『——可哀想《かわいそう》』

『生まれてこなければ良かったのにね。そうしたら、この子の両親も……』

分かっている。

施設の先生たちは、そんなことを俺に一度も言ったりはしなかった。

こんな幻影を見せられて、傷ついたような気分になるのは、俺が弱いからだ。

親を失った原因を、俺が作ってしまった。

あの日、両親が急いで車を出すような理由さえ作らなければ、俺は一人にならずに済んだかもしれなかった。

――それでも。

あのとき、大破した車の後部座席で、俺が最後に見たものは。

◆現在の状況◆
・『☆憐憫の幻翅蝶』が『幽閉の繭』を発動　→対象：『アリヒト』

空から白いものが降り注いでくる――それは、『幻翅蝶』の吐いた糸だった。シオンを巻き込まないようにと飛《と》び退《の》いたところで、俺は糸に絡め取られる。

五十嵐さんの声が聞こえる。シオンの吠え声も――だが俺は近づくなと叫ぶしかない。皆を巻き込むわけにはいかない、それに。

『幻翅蝶』のやり方が、俺には全く受け入れられない。罪の意識で人を苛み、そして取り込もうとすることが『中立』だなんて、そんな詭弁は認めない。

（こうしてシロネを取り込んだのか……そういうことなんだな）

『幻翅蝶』は明確に、探索者を脱落させようという敵意を持っている。カルマに応じて打撃を与える技能で命を落とす者がいてもおかしくない。

シロネも同じ道を辿ったなら、この糸に囚《とら》われることで見えるものもあると思った――そして俺は、実際に『それ』を見た。

繭に囚われ始めた俺を取り込もうと、空間に切れ目が生まれる。その向こうに見えたものは、糸に巻き取られ、身体《からだ》の自由を奪われたシロネだった。


『――生まれてこなければ良かったのなら、もう一度生まれ変わればいい。迷宮に飲み込まれて、迷宮から生まれたものとして』


声は俺を責めるものではなくなっていた。糸に巻き取られ、全《すべ》てを放棄してしまえば楽になれるかのような、優しい声。

それは俺がもう忘れてしまった、母親の声にも似ていて――けれど、全く違っている。

「俺が聞いてもいない言葉を……そんな声で、聞かせるな……！」

俺を巻き取ろうとする白い糸も、青い蝶の狂騒も止まらない――だが、聞こえてくる声は胸の奥にまでは届かない。

「罪の意識も、償いたいという思いも、他の誰かに決められるものじゃない……！」

◆現在の状況◆
・『アリヒト』のパーティの信頼度ボーナス　↓　『ギルティフィール』を無効化

「後部くんっ……！」

「アリヒト……！」

罪悪感で動けなくなるなんてことは、決してあってはならない。俺たちはパーティだ――一人が動けなくなれば、全体に関わることになる。

（ここまで追い詰められなければ使えなかった……シロネを、向こう側から引き戻す。今の俺なら、それができる……！）

ここに来るまでに、何度も窮地に立たされた。迷宮をアルフェッカとともに駆け抜け、魔物に囲まれ、『泥巨人』と戦い、『幻翅蝶』によって瀕死に追い込まれた。

確認するまでもないほどに、俺の士気は上がっている。糸を引きちぎってでも動く力を得るための唯一の方法――それは。

「――『全体相互支援《オールラウンド・レインフォース》』！」

◆現在の状況◆

・『アリヒト』が『全体相互支援《オールラウンド・レインフォース》』を発動　制限時間120秒
・パーティメンバー個人の強化技能が全員に拡張
・パーティ全体が『群狼《ぐんろう》の構《かま》え』により強化
・パーティ全体が『剣の極意2』により強化
・パーティ全体が『包丁捌き』により強化
・パーティ全体が『傲慢《ごうまん》なる戴冠《たいかん》』により強化

アルフェッカの持つ『傲慢なる戴冠』――技能の中断を阻止する特性が、『幻翅蝶』の吐いた糸の束縛に拮抗し――そして、打ち勝つ。

「――うぉぉぉぉぉっ‼」

◆現在の状況◆

・『アリヒト』が『バインシュート』を発動 → 『☆憐憫の幻翅蝶』に命中
・『シロネ』が『蔓草』によって『拘束』 → 『糸』による『拘束』解除

蔓草でシロネを巻き取り、一気に引っ張り出す――空間の裂け目が閉じてしまう前に、糸で絡め取られたシロネを辛うじて引き出した。

『……全く、無茶をする。咄嗟の機転で、異空間に囚われていた者を救い出すとは』

「ああ……アルフェッカ、シロネを保護していてくれ。あの蝶は倒さなくちゃならない。みんなの力を貸してくれ」

地面についた剣に縋っているエリーティアに近づく。彼女の瞳《ひとみ》からは涙がこぼれていた。

あの蝶が俺たちの罪を哀れんでいるのだとしても、生まれ変われば楽になれるとは思わない。だから俺は、エリーティアに右手を差し出す。

「……私は……旅団を出て、あなたたちと出会う前に、『死の剣《デスソード》』と呼ばれるようなことをした。本当は……仲間を集めたいなんて、言う資格は……」

『――資格なら、あります！』

◆現在の状況◆

・『スズナ』が『月読《つくよみ》』を発動　↓成功

・秘匿された『☆憐憫の幻翅蝶』の技能『咎人の檻』を看破

――霧を貫くような、凛とした声だった。

霧に遮られていた月光が、『幻翅蝶』に降り注ぐ――そして、蝶の翅から放たれる鱗粉が、この霧に何らかの力を持たせていることが分かる。

（青い蝶と遭遇したときには、すでに俺たちは『檻』の中にいた……エリーティアは攻撃を回避されてもカルマを上昇させられた。それこそが、この状況が不自然に作られたものだと示していたんだ……！）

◆看破した技能の詳細◆

咎人の檻：『鱗粉』が届く範囲内に地形効果『咎人』を発生させる。魔物に対する探索者のすべての敵対行為でカルマが上昇する。使用者が戦闘不能になるまで地形からの脱出は封じられる。

（ライセンスは、探索者の行為を判定してカルマを上昇させる……そこに魔物が関与できる。ありえないことのように思えるが、実際にそうなっている……『幻翅蝶』による『法の歪曲』が起こってしまっていたんだ）

『スズちゃんっ、この霧の中にお兄ちゃんたちがいるんだよねっ……!?』

『うん……外から私たちができることは、今はこれくらいしか……アリヒトさん、エリーさん、負けないでください！　私たちもここにいます！』

ミサキとスズナ――二人だけじゃない。二人をここまで連れてきてくれた誰かも一緒にいるようだ。

『契約者よ、道は開けるか。私の力は必要か』

「ああ……大丈夫だ。道は見えてる……敵は『ルールの外』にいるわけじゃない。『ルールを捻《ね》じ曲げていた』だけだ」

「後部くん、それってどういうこと……？」

「五十嵐さん、『雪国の肌』の技能を取ってましたよね。他に氷属性の技能は新しく出てきてますか？」

「え、ええ……取得済みの『囮人形』の他に『エーテルアイス』も取らないといけないけど、スキルレベル2の『フロストアーマー』っていう技能があるわね」

◆キョウカの取得可能な新規技能◆

スキルレベル2

フロストアーマー：氷属性で打撃を反射する。探索者が作り出した人形、ゴーレムなどにも効果が付与される。必要技能：囮人形　エーテルアイス

五十嵐さんは雷、氷系統の技能を覚えていく――チャンスが何度も来るか分からない以上は、使える攻撃手段は全て使いたい。

「五十嵐さん、スキルポイントを一気に使うことになりますが、『フロストアーマー』を取ってもらっていいですか。こちらから能動的に攻撃せず、敵から仕掛けさせる形なら、カルマの上昇は防げるはずです」

「もし上がっちゃっても、その時は覚悟しておくわよ。後部くんもエリーさんも同じ痛みを味わったのなら、私も怖がっていられないわ」

「……アリヒト、私は何をすればいい？」

「もし『咎人の檻』が解除されることがあったら、部位破壊を狙《ねら》ってくれ。そうじゃない場合は無理はしちゃいけない、致命的なカウンターが来るからな」

「……分かった」

一度死地に飛び込み、見えたものがある――それは、この場を埋め尽くした『青い蝶』の弱点。『青い蝶』を対象に攻撃を仕掛ければカルマが上がり、『贖罪の痛覚』で大きな打撃を受ける。それなら――こちらも詭弁に乗るのは今回だけにしておきたいが、一つだけ『カルマを上げずに青い蝶の動きを封じる』方法がある。

「五十嵐さんは『囮人形』に『デコイ』をかけて、さらに新しい技能を使ってください。テレジアは五十嵐さんを援護してくれ」

「ええ、分かったわ……」

「……っ！」

先陣を切ったのは五十嵐さんとテレジアだった――彼女たちが行動を起こす前に、俺はアンクと一緒に首にかけているペンダントを取り出す。

「――来いっ、スノー、ペンタ、ルピー！」

「「「ピェェェェェッ‼！」」」

◆現在の状況◆
・『アリヒト』が『スノー』『ペンタ』『ルピー』を召喚
・『スノー』が『銀世界』を発動　→地形効果が『凍土』に変化
・『ペンタ』『ルピー』が『アイスダンス』を発動　→『銀世界』の効果が強化

『そうか……蝶は低温に弱い。この極低温の中で動けなくなったとしても、それは地形効果によるものということになる』

「「ピェッ、ピェッ！」」

スノーが白い翼を広げて、その周りをペンタとルピーが跳ね回る。その足元から地面が凍結し、一気に凍結範囲は広がり――俺たちの息が白くなるほどに、気温が急激に下がる。

◆現在の状況◆
・『?青い蝶』たちが『凍土』の影響で『休眠』
・『☆憐憫の幻翅蝶』が『凍土』の影響で能力低下

（まだ『咎人』の地形効果は解除されない……だが、蝶たちの撒き散らす鱗粉の量は激減した。あとは『幻翅蝶』本体の鱗粉を止めることができれば……！）

◆現在の状況◆

・『キョウカ』が『雪国の肌』を発動　↓低温による状態異常低下を無効化

「――‼」

「行くわよ……っ！」

『雪国の肌』が共有される――二人はこの極低温状況下でも動きが鈍ることはなくなった。

『全体相互支援《オールラウンド・レインフォース》』の効果時間ギリギリのところで、テレジアにも五十嵐さんの発動した補助効果

◆現在の状況◆

・『☆憐憫の幻翅蝶』が『禁断の触腕』を発動　↓範囲内に無差別攻撃

・『テレジア』が『蜃気楼』『シャドウステップ』を発動

・『キョウカ』が『イベイドステップ』を発動

『囮人形』に攻撃を誘うには、自分たちが攻撃を回避しきらなくてはならない――五十嵐さんとテレジアは透明な腕による猛攻を回避し続ける。

（『禁断の触腕』は『透明な触腕』による連続攻撃……あれで俺たちを狙ってこない保証はない……！）

「――アリアドネ！」

『――我が契約者に加護を与える。機神の腕を以て其の盾となろう』

◆現在の状況◆
・『アリヒト』が『アリアドネ』に一時支援要請　↓対象：『パーティ全員』
・『アリアドネ』が『ガードアーム』を発動
・『禁断の触腕』が『ガードアーム』に命中
・『禁断の触腕』が『ガードアーム』に命中

まともに喰《く》らえば甚大な打撃を受けるだろう『触腕』の一つ一つを、何もない空間から現れた機械の腕が受け止める――俺たちを狙って無差別に握りつぶそうとしてきた『触腕』と真っ向から組み合い、見事に護《まも》ってくれた。

「アリアドネ、恩に着る……！」

「すごい……こんな攻撃まで受け止めきれるなんて……！」

『電撃でなければ、まだしばらくは代わりに受け止められる。しかし、耐久力の半分は削られている』

そんな攻撃からエリーティアを庇ったシオンが、いかに勇敢か――俺も『支援防御1』だけではなく、切り札となる防御手段を手に入れなければいけない。

しかし今考えるべきは、目の前の『幻翅蝶』を撃破することだ。スノーの作り出した極低温の空間に、氷の結晶がきらめく――そして。

◆現在の状況◆

・『キョウカ』が『禁断の触腕』を回避
・『キョウカ』の回避率が上昇
・『テレジア』が『禁断の触腕』を回避
・『☆憐憫の幻翅蝶』の『凍結』が進行　↓『☆憐憫の幻翅蝶』の能力低下

前衛を務める二人が、執拗に襲いかかる『触腕』を回避し続ける――そして攻撃が途切れたその瞬間に、五十嵐さんは『囮人形』の媒介となる人形を取り出す。

「勇敢なる戦士の魂よ、猛る者の闘志を引きつけよ……『デコイ』！」

◆現在の状況◆
・『キョウカ』が『囮人形』を発動
・『キョウカ』が『デコイ』を発動　↓対象：『囮人形』

――あとは『フロストアーマー』を『囮人形』にかけるだけだ。しかし、五十嵐さんの魔力が底を尽きかけている。『イベイドステップ』の効果時間中にも魔力は減り続けているからだ。

「っ……まだ……倒れるわけにはっ……！」

「――五十嵐さん、『支援します』！」

◆現在の状況◆
・『アリヒト』が『アシストチャージ1』を発動　↓『キョウカ』の魔力が回復

・『キョウカ』が『フロストアーマー』を発動　→対象：『囮人形』

五十嵐さんの生成した『囮人形』を冷気が包み込む――しかし、たとえ『デコイ』がかかっていても、敵が確実に囮を攻撃するとは限らない。

「テレジアさんっ……！」

「――っ！」

――最後の詰めを担ったのはテレジアだった。視認できない『触腕』を極限まで引きつけ、そして回避をしようというのだ。

一瞬でも遅れれば『触腕』に捕まる。持てる全《すべ》ての回避技能を使い、『囮人形』に攻撃させながら自分は避けきる、それを達成するために、テレジアが用いた手段は――。

◆現在の状況◆

・『テレジア』が『モードチェンジ：サンドクラッド』を発動

・『テレジア』が『蜃気楼』を発動　→『サンドクラッド』により強化　『砂塵影』を発動

・『禁断の触腕』の合体攻撃　→『デッドグラスパー』を発動

「――テレジアッ！」

「凄い……土壇場で、あんな……っ！」

ほとんど視認できない『触腕』が、テレジアを取り囲むように出現し、彼女を握り潰そうとした

――だが、潰されたのは砂で作られた幻だけだった。

（この階層はもともと、荒れ地を砂が薄く覆っていた……テレジアは、装備している『デザートローズ』の力を使えると判断したんだ……！）

俺の想像通りに、まだ凍結していない砂地を伝って、別の場所からテレジアが姿を現す。保護色の砂の色に変化している――この神出鬼没な動きは、まさに忍者だ。

そして俺たちが見上げる中で、極低温の影響で少しずつ高度を下げていた『幻翅蝶』の翅《はね》が――ここまで届くほどの音を立てて凍っていく。

◆現在の状況◆
・『デッドグラスパー』が『囮人形』に命中　→『☆憐憫の幻翅蝶』に『フロストアーマー』による反射
・『☆憐憫の幻翅蝶』が『凍結』『地形効果：咎人』が解除

敵の渾身の攻撃が、『フロストアーマー』によって反射した――『幻翅蝶』の弱点である、氷属性で。

五十嵐さんのカルマは上がらず、敵には大きな打撃を与えられた。『幻翅蝶』は少しずつ高度を下げて、跳躍すれば届くほどの高さにまで降りてくる。

「――メリッサ、エリーティア！　『支援する』っ！」

この好機を逃す手はない。メリッサはシオンに乗って駆け、エリーティアは自身の技能だけでその速度に追随する。

「っ……ちょっとタイミングが遅れたけど……！」

「……‼」

このタイミングで、五十嵐さんとテレジアの士気も最大になる――そうとなれば、あの連携を使うことができる。

「これで決めさせてもらうぞ……！」

「「はぁぁぁぁぁっ‼」」

◆現在の状況◆
・『キョウカ』が『ソウルブリンク』を発動　→パーティ全員に『戦霊《せんれい》』が付加
・『テレジア』が『トリプルスティール』を発動　→パーティ全員に『三奪《さんだつ》』効果が付加
・『アリヒト』が『支援連携1』『支援攻撃1』を発動
・『キョウカ』と『戦霊』が『ライトニングレイジ』を発動　→『☆憐憫の幻翅蝶』に命中　連携技一段目　支援ダメージ26
・『ライトニングレイジ』の追加攻撃　→『☆憐憫の幻翅蝶』に六段命中　支援ダメージ78
・『テレジア』と『戦霊』が『アズールスラッシュ』を発動　→『☆憐憫の幻翅蝶』に命中　ノックバック小　魔力燃焼　連携技二段目　支援ダメージ26
・『キョウカ』『テレジア』『アリヒト』の体力、魔力が回復　ドロップ奪取失敗

五十嵐さんのクロススピアが電撃を纏い、一度攻撃した後も雷撃の追い打ちが入る――テレジアは青い炎を纏った斬撃を放ち、離脱する。

「――その触角を落とす……！」

「アォーーーンッ！」

◆現在の状況◆

・『シオン』が『戦いの遠吠え』『ハウンドギャロップ』を発動　→前衛の攻撃力上昇　『シオン』の速度が上昇
・『メリッサ』と『戦霊』が『シオン』と『戦霊』に騎乗して『ライドオンウルフ』を使用
・『メリッサ』が『包丁捌き』を発動　→部位破壊確率が上昇
・『メリッサ』と『戦霊』が『切り落とし』を発動　→『☆憐憫の幻翅蝶』が素材をドロップ
連携技三段目　支援ダメージ26
・『闘鬼の小手』の効果が発動　→『駄目押し』の追加打撃　支援ダメージ26
・『シオン』と戦霊が『ヒートクロー』を発動　→『☆憐憫の幻翅蝶』に命中　昆虫特攻　連携技四段目　支援ダメージ26
・『無辜の静謐』が解除
・『シオン』『メリッサ』の体力、魔力が回復　ドロップ奪取成功

メリッサと彼女の戦霊は、同時に『肉斬り包丁《ブッチャーズナイフ》』を振り抜いて『幻翅蝶』の触角を切り落とす。

もう一つ残っていた地形効果がこれで消える――そして。

駆け込んだエリーティアは、戦霊とともに『緋の帝剣《スカーレットエンペラー》』を振りかざし――最後の抵抗を試みようとする『幻翅蝶』に、斬撃の花弁を降り注がせた。

「……咲き乱れ、散る花となれ……『ブロッサムブレード』！」

◆現在の状況◆
・『☆憐憫の幻翅蝶』が『胡蝶の夢』を発動
・『エリーティア』と戦霊《せんれい》が『ブロッサムブレード』を発動
・『☆憐憫の幻翅蝶』に二十四段命中　連携技五段目　支援ダメージ312
・『エリーティア』の追加攻撃が発動　→『☆憐憫の幻翅蝶』に十六段命中　支援ダメージ208
連携技『蒼雷斬閃花《そうらいざんせんか》』→連携加算ダメージ238
・『胡蝶の夢』が中断
・『エリーティア』の体力、魔力が回復　ドロップ非所持により奪取失敗
・『☆憐憫の幻翅蝶』を1体討伐

「はぁっ、はぁっ……」

「――エリーさん、みんなっ……！」

「ふぉぉぉぉぉ⁉　な、なんか凄くおっきいちょうちょが……もしかしてまた『名前つき』に遭っちゃったんですか⁉」

霧が晴れると同時に、スズナとミサキが走ってきた――スズナはエリーティアに抱きつき、ミサキは『幻翅蝶』を見て目を丸くしている。

三匹で『凍土』を維持してくれていたスノーたちは、戦いが終わったと分かると能力を解除する。

スノーは尻もちをつき、ペンタとルピーはスノーの頭に乗って、羽毛の中から顔だけ出した。

「この子たちのおかげね……あんなに高いところを飛ばれてたら、後部くんしか近づきようがなか

ったもの」

「アリヒトの技には、いつも驚かされる。気がつくと敵の後ろに移動してる」

「後衛としては、あまり乱発すべきじゃないかもしれないけどな。敵の後ろに行って見えてくることも多いから」

『私でもそんな後衛は聞いたことがない。しかし、敵の弱点を見出《みいだ》すという役割は、後衛らしいといえばらしいのかもしれぬ』

『アルフェッカは長く実体化している。パーツごとに役割が違い、実体化の維持に必要な魔力も異なるのであれば、少し不公平と感じる』

背中のムラクモが訴えてくる――今回は彼女の力を借りなかったこともあって、物申したいこともあるということか。

「ムラクモの力もまたすぐに借りることになると思う。今回は、確実にダメージを与えられる方法を選びたかったんだ」

『それについては、マスターの判断は正しい。あの蝶は物理攻撃を低減する能力を持っている。氷属性と、マスターの支援によって生じた打撃が大きく貢献していた』

耐性が表示されていなくても、非常に防御力が高いということはある――やはり仲間が強くなり、手数を増やしていけるのならば『支援攻撃1』は一生ものの技能になる。

「あっ……お、お兄ちゃんっ、この人って……」

ミサキが倒れているシロネに気がつく。迷宮の外で待っていたはずのミサキとスズナがここにいるということは、途中でセラフィナさんに会って事情を聞いてきているはずだ。

セラフィナさんは『フォーシーズンズ』を脱出させ、迷宮の外に出ている。彼女以外に、ミサキとスズナをここに送り届けてくれる人物がいるとしたら――その可能性を考えはしたが、本当に当たっているとは思わなかった。

なぜなら、その人物はギルドセイバーの本部にいるべき人だからだ。

三　要請

「……クーゼルカさん、ホスロウさん」

黒い鎧を身に着けた、銀色の髪の女性。そして彼女を補佐する、眼帯の男性。この二人が、なぜこの場所に赴いたのか――。

「……参戦することができず、申し訳ありません。アトベ殿のパーティの二人が、後を追って迷宮に入ろうとしていたため、ここまで同行させていただきました」

「どうやら、想像以上に厄介な魔物とやり合ってたみたいだな。お前さんたちなら知ってるかもしれんが、『名前つき』にも幾つか種類がある。『黒星《くろぼし》』と呼ばれる奴《やつ》と、今回のような奴……『空《そら》星《ぼし》』ってやつだ」

「『空星』……？」

戦闘中はライセンスをじっくり見ることができなかった――改めて見直すと、『憐憫の幻翅蝶』の名前つきであることを示す星が『☆』になっている。

「『空星』の『名前つき』は、討伐すること自体が探索者に特殊な資格を与えると言われています。どういった影響が出るか、すぐには分からないかもしれませんが、悪いことではないはずです」

「そう……なんですか。俺たちは、単独でこの層まで降りたシロネという探索者を連れ戻すためにあの魔物を倒したんです」

「ああ……ギルドセイバーはカルマの上がった奴を取り調べるのが決まりだ。そのシロネって探索者の身柄は、預からせてもらうことになるが……」

シロネが『フォーシーズンズ』にしたことは、償わなければならない。それについては俺も、仲間たちも意見は同じだった。

「シロネが目覚めたら、この武器を渡してもらってもいいですか。迷宮の途中で、彼女が落としたものを回収したんです」

「ああ、それは悪いがウチじゃ預かれねえ。現時点でシロネの身柄は、規定カルマを超えたことで強制拘束ってことになっている。今身につけてるものはこっちで預かるが、アトベ君のパーティが拾得したものについては、返還したい場合は直接交渉してもらいたい。あんまりな言い方かもしれねえが、拘束者の装備について返還義務の規定がないんだ」

カルマが上がった探索者の装備品は、持っていっても罪にならない——悪用されることもありそうな制度だが、他者のカルマを意図的に上げることは容易にはできないので、どちらかというとカルマの上がった人物から力を削《そ》ぐための規定だろう。

「……ホスロウ、アトベ殿がどうしてもと言うなら、預かること自体は問題ありません」

「いえ、そういうことなら俺たちが持っていきます。魔物に奪われていたものなので、そのままは使えませんし」

「うぉっ、粘液まみれになってるじゃねえか……二層にいたアイツらか？　それにしちゃ、俺たちにはなぜか仕掛けてこなかったたな」

シロネの武器を見せると、ホスロウさんは面食らったような顔をする。『スロウサラマンダー』

の粘液は、歴戦の強者《つわもの》といえるだろう彼でも苦手なようだ。

「……息はある。体力が落ちてるから、薬を飲ませた方がいいかもしれない」

メリッサはシロネの身体《からだ》に巻き付いている糸に触れないようにしながら様子を見る。スズナが許可を求めるように見てきたので、俺は頷《うなず》く――スズナがポーションを口元に垂らすと、初めは反応しなかったシロネはやがて唇を震わせ、口に入った液体を飲み込んだ。

「どのようないきさつがあったのかは、セラフィナから報告を受けています。アトベ殿は、シロネ殿とはいわば敵対する関係にあった。それでも、こういった選択をしたのですね」

「……はい。シロネは俺たちの親しいパーティを窮地に陥れました。それは許されることじゃないですが、自分から迷宮の奥に向かった彼女を見て、放っておくことはできなかった。甘いことを言っていると言われたら、否定はできません」

ホスロウさんは少し気まずそうに頬《ほお》を掻く。彼には俺たちの行動がどう捉えられるだろうか――そんな心配は、杞憂に終わった。

「普通は見捨ててもおかしくないもんだぜ。いや、見捨てるって言い方も違うが……敵意を向けてきた奴の命を心配するなんざ、かなりの馬鹿でなきゃできねえよ」

「そうですね……自分でもそう思います。リーダーなら、仲間の安全を何より重視すべきなのに」

「でも、そういうリーダーだからついてきてるんだもの。シロネさんに対して思うことはあるけど、命の危険があること以外で償ってもらわないと」

五十嵐さんの言葉に、皆も頷く。その厚意に甘えすぎてはいけないと思うが、皆が笑ってくれることでいつも救われている。

「……この糸は素材になる。剥いでもいい？　『刃斬石《はざんせき》』で『スティールナイフ』を強化したから、きれいに切り取れる」

「ああ、そいつは構わねえが……もし装備が壊れてるようなら、こいつでくるんどいてやってくれ」

「わー、おじさんの外套《コート》ってちょっといろいろ……あ、何でもないでーす」

「おっさん臭いって言いたいんだろうが、あいにく俺は綺麗《きれい》好きなんだよ」

ミサキの軽口にも怒らないホスロウさんだが、『おじさん』と呼ばれるのはまだ早い年齢のようで苦笑いしていた。

「さて……三等竜尉《さんとうりゅうい》殿、そろそろ本題に入られた方が」

「はい。アトベ殿、大変な戦闘を終えた後で申し訳ありませんが。あなた方に、私から直接打診させていただきたいことがあって来ました」

「あのでかい蝶との戦いには助太刀《すけだち》できなかったが、アトベ君のパーティの実力については十分に見させてもらった。七番区では序列一位で、六番区に行ってもそうそう停滞することはないだろう」

――ここで、来るのか。話の流れで、何を言われようとしているのかは察することができた。

『奨励探索者《しょうれいたんさくしゃ》』の称号を与えられたことで、俺たちはギルドセイバーに協力を要請されることもある立場となった。

その要請に応じて行く先は、現在いる区より二つ上まで――それは、エリーティアが元いた区までを範囲に含んでいる。

「現在、五番区の迷宮でスタンピードの脅威度が高まっています。ある種の魔物が、ギルドの想定を超えて個体数を増やしたことが原因です」

「まだ町まで出てきちゃいねえが、明日にはバリケードを越えてくる。より上位の区からは人手は借りられねえ……七番区では抜きん出て強い君らにも助力を頼みたい。もちろん断ることもできるから、一晩考えてみちゃくれねえか」

六番区に上がろうというところで、五番区に行くことができる――だが、それは魔物も大きく強さを増すことを意味している。

リスクはある。だがエリーティアの友人を一日でも早く助けるためには、この要請は俺たちにとって逃せない機会だ。

「私達は明日の早朝、五番区に向かいます。要請に応じていただけるのであれば、前回お会いしたギルドセイバー本部に来てください」

「分かりました。仲間たちと相談して、どうするかを決めます」

「それがいい。五番区で成果を出せば、六番区を地道に攻略する必要がなくなる場合もあるが……たとえレベル以上の敵を打倒する実力があっても、それは『安全』というわけじゃない。相手にする魔物の強さは徐々に上げていくのが長生きの秘訣だ」

「ホスロウ、彼らにそのようなことを助言するのは失礼というものでしょう。彼らは迷宮国の初級区を、歴代最速で抜けているのですよ」

歴代最速――実感はないが、振り返れば密度の高い毎日を過ごしてはいる。

「だからこそ、温存すべきと思いもする。しかし温室育ちで強くなれるほど甘くもないのが、迷宮国ってやつだ」

「……俺も、それは分かっているつもりです。『全員で』先に進むこと、それを何より大事にしたい」

クーゼルカさんは何も言わず、ただ頷きを返す。そして糸を外し終えて、外套を被《かぶ》せられたシロネを、ホスロウさんは軽々と担いで運んでいった。

「『運び屋』を手配して、『幻翅蝶』を運ばせる。触角はなんとか貯蔵庫に送れる」

「ああ、頼む……メリッサ、すまないな」

「マドカがいないときは、私が代わりをする。あの子は外で頑張ってるから、私も頑張る」

いつも淡々として見えるメリッサだが、少しずつ友情に厚いところや、内に秘めた熱が見えてきている。

エリーティアはクーゼルカさんの打診を聞いたときからずっと、俯《うつむ》いたままでいる。スズナが声をかけて、ようやく彼女は顔を上げた。

「エリーティア、今後のことは宿舎に戻ってから考えよう」

「……ええ。ごめんなさい、私、自分のことばかりで……」

「そんなことはありません。エリーさんが、一番考えているのは……」

もう少しで手が届く。しかし本当は、六番区から順に上がっていき、強くならなければならない――エリーティアの仲間を捕らえているのは五番区の『名前つき』なのだから。

しかし、今スタンピードに備えて俺たちに招集がかけられているように、俺たちの実力は五番区の魔物に対しても通用しうると認められている。

全員の意志を確認し、そして五番区に行くかどうかを決める。全《すべ》てはそれからだ。

スノーの作り出した極低温が引いたあと、青い蝶は再び飛び始めた。しかし『幻翅蝶』を倒した今は、それらは魔物と判定すらされなかった。

テレジアは空中に手を差し伸べる。すると一羽の蝶が飛んできて、テレジアの周りで遊ぶように舞い始める。

『憐憫の幻翅蝶』は、何を憐れんでいたのか。なぜ白い糸で探索者を捕らえ、別の空間に閉じ込めていたのか。

あれが『幻翅蝶』の声だとしたら、罪を背負った探索者を生まれ変わらせようとしていた。もし、テレジアもそうやって亜人になったのだとしたら――。

「…………」

「ん……これは……」

テレジアが持ってきたものは、『青い蝶』が透明な石の中に閉じ込められたようなもの――化石入りの琥珀のようなものだった。

「……よく見つけたな。綺麗な石だ」

「…………」

テレジアはこくりと頷く。『幻翅蝶』の素材やドロップ品などの大きな収穫もあるが、テレジアが見つけたこの石もまた、俺は貴重な収穫だと思った。

◆現在の状況◆

・『青蝶《せいちょう》の琥珀《こはく》』を1つ取得

第三章　ひとりからパーティへ

一　報告

二層を通るときに調教《テイム》した『スロウサラマンダー』二頭を連れていく。そこからは『帰還の巻物』を使い、迷宮の外に脱出した。

シロネはギルドセイバー本部に連行されていく。クーゼルカさんは俺たちに向けて敬礼をすると、ホスロウさんとともに立ち去った。

「お兄さんっ、皆さん……無事で良かったです……っ！」

待っていてくれたのか、マドカがこちらに駆け寄ってくる。涙ぐんでいる彼女に近づくと、五十嵐さんは柔らかく微笑《ほほえ》みかけた。

「これで一段落ね……というわけにもいかないんだけど。ひとまず今は、パーティみんなで一休みしたいわね」

「はい、お食事はどうされますか？　私、すぐに手配しますっ」

そろそろ夕暮れ時ということもあり、近くの家では夕飯の準備が始まっていた。『原色の台地』に入ってから体感で数時間だが、急に空腹を意識する——それは皆も同じようだ。

「今日は宿舎でケータリングを頼むっていうのはどうかな。行ってみたい店もあるが、明日は宿舎を変わることになるかもしれない」

「懐かしい響きね、ケータリング……マドカちゃん、宿舎に食事のデリバリーを頼むことはできる？」

「はい、予約しておけば『運び屋』さんが届けてくれます。それでは、三種類くらいのお料理の店にお願いしてみますね」

「あ、じゃあ前に行って美味《おい》しかったから『涼天楼食堂《りようてんろう》』さんと、『ルーヴェンの風』さんと、あとパスタとかピザとかが食べたいなー」

ミサキはいつの間に調達したのか、手帳に今まで行った店の名前を書き込んでいた。みんな異存はないようだが、メリッサが手を上げる。

「……店屋物だけじゃよくないから、パスタとピザは私が作る。お父さんに作り方を教えてもらった」

「私もそういう料理なら手伝えそうね。メリッサさんに指示してもらうとすごく捗るし、今日も助手をするわね」

「私もお手伝いさせてください。今回は外で待機でしたから」

「スズちゃん、それを言ったら私の方がなんにもできてないんだけど……スズちゃんだけどうして士気がいっぱい溜まってたの？」

確かにそれは気になるが、エリーティアとスズナの結びつきがそれだけ強いということだろう——と、なぜかスズナが俺をじっと見ている。

「スズナ、どうした？」

「っ……い、いいえ。すみません、私、アリヒトさんは必要なことだからしただけなのに……」

「おやおやぁ？　スズちゃん、もしかしてお兄ちゃんと仲良くなったから、やる気が出やすくなっちゃったとかもがっ」

「ミ、ミサキちゃん、その話は向こうでっ……すみませんアリヒトさんっ」

スズナは大胆にもミサキの口を手で塞《ふさ》いで連行していってしまった。俺とスズナの信頼度が士気の上昇に関わるということもあるのか——いや、他のメンバーと比べて誰《だれ》の信頼度が突出しているということも無いと思うのだが。

「私とテレジアさんの士気もよく上がってた気がするけど……」

「…………」

「……私は士気が上がりにくい。もっとやる気を出さないとだめかもしれない」

「そ、そうなんでしょうか……お兄さん、その、私の士気はどうですか？　上がりやすいんでしょうかっ」

マドカは士気解放『エフェクトアイテム』を発動させたことがあるが、メリッサは士気が最大になったときも士気解放を発動させていなかった。迷宮から出ると士気は徐々に低下していくので、次に使えるようになったらぜひ効果を見せてもらいたい。

「あ……え、ええと。テレジアさんが照れてるから、士気の上がり方の話はまた今度ゆっくりしましょうか」

「はーい。私はたぶん、キョウカお姉さんよりは上がりにくいですね。お兄ちゃんの信頼度を上げるために、お料理のお手伝い頑張っちゃうぞー」

料理で信頼度が上がるのなら、迷宮国の料理人たちは大変な信頼を集めているはずだ。

俺の場合、支援するたびに信頼度が上がるわけで、謎の職業になってしまったものの、やはり

『後衛』を選んで良かったと思う。パーティの信頼が深まることで、何度も窮地を切り抜けてきたからだ。

「……こほん。後部くん、信頼度のことは深く考えちゃだめよ。今、後部くんが真剣に考えると、みんなが大変だから」

「え……信頼度は大事だとは思ってますが、深く考えるというのは？」

何気なく聞いてみたつもりが、五十嵐さんはあいまいに笑って、皆と一緒に先に帰っていってしまった。

テレジアもさっきから茹で蛸《だこ》のように赤くなっているので、なんとなく隣に並びづらい。帰り道も最後衛とは、筋金入りの職業病だ。


『緑の館』で仕事をしていたルイーザさんに声をかけ、報告をしようとすると、もう仕事上がりの時間のため、宿舎に戻ってからということになった。

みんなに料理を任せて申し訳ないが、また今度手伝うと約束し、テラスハウスの居間でテーブルを挟んでルイーザさんと向かい合う。

「まずは、この度も無事に探索を終えられて何よりです。『原色の台地《げんしょくのだいち》』では、他の探索者の救助もされたそうですね」

「色々と、訳ありなんですが……ルイーザさんもその辺りは聞いていますか」

「エリーティアさんと同じグループで活動していた、シロネ＝クズノハという方が干渉してきていたそうですね。『フォーシーズンズ』の皆様に対しての行為は、重大な規定違反となります。シロネさんは刑罰を受けた後に、再教育が課せられるでしょう」

グレイも再教育を受けると聞いたが、更生は上手《うま》くいくものなのだろうか。ホスロウさんは『真人間になる』と言っていたので、かなり厳しい指導を受けることになるようだ。

「まずその前に、『幻想《げんそう》の小島《こじま》』でのことですが……あの迷宮は保養所とされていて、貢献度が加算されるような功績を上げる方はほとんどいらっしゃいません。ですが、アトベ様のパーティは功績を残されていますので、算定させていただきます」

◆前回の探索による成果◆

・『幻想の小島』の未踏領域に侵入した　100ポイント
・『シオン』のレベルが6になった　60ポイント
・『★雪原《せつげん》に舞《ま》う宝翼《ほうよく》』を1体捕獲した　240ポイント
・パーティメンバーの信頼度が上がった　35ポイント
・『リョーコ』の信頼度が上がった　10ポイント
・『カエデ』の信頼度が上がった　10ポイント
・『イブキ』の信頼度が上がった　10ポイント
・『アンナ』の信頼度が上がった　10ポイント
・『フォーシーズンズ』と共闘したポイント　10ポイント
・合計12人で合同探索を行った　60ポイント
探索者貢献度　545ポイント

『宝翼』が召喚した『氷像』については、倒しても貢献度が加算されなかったようだ。貢献度自体が入ると思っていなかったので、このポイントでもありがたい。

しかしルイーザさんは難しい顔をして俺のライセンスを見ている――片眼鏡《モノクル》で文字列を追っているその表情が、何か寂しそうだ。

「……同行された『フォーシーズンズ』のみなさんも信頼度が上がっているのに、私は……」

「あっ……こ、これはですね、多分別の島に移動したとき、一緒に行動したことが影響してるんだと思います。俺の技能で魔力の回復もしましたし」

「魔力の回復……アトベ様はそのような技能を使うことができるのですね。私はギルド職員ですので、その技能を使ってもらう機会はありませんから、仕方がありませんね」

にっこりとルイーザさんは笑うが、何か衝動的に謝りたい気分にさせられる。これは何か理由を作ってでも、ルイーザさんに『支援回復1』でも体験してもらい、事務仕事による目・肩・腰の疲れを軽減してもらうべきだろうか。

「ルイーザさんはめっちゃ肩凝りそうですからね～、お世話になってるので、私でよかったらいつでもマッサージしてあげます」

「ミ、ミサキさん……大丈夫です、そんなに疲れては……」

台所からエプロン姿で出てきたミサキが、ルイーザさんの後ろに回って肩揉みを始める。マッサージは結構得意らしく、なかなかいい手際をしている――料理の手伝いをしていたと思ったら、気が散るのも早い。

「ミサキちゃん、メリッサさんがピザのトッピングをお願いしたいって……」

「あっ、はーい！　チーズの載せ加減なら私の右に出る人はいないから！」

「あまり載せ過ぎないようにね、他のメニューもいっぱいあるから」

「キョウカお姉さん、心配しなくても大丈夫ですよ〜。私たち、朝から夜までい一っぱい運動してるじゃないですか」

「よ、夜のことは……ミサキ、危なっかしいからもう少しテンションを抑えて」

エリーティアがミサキに優しくチョップをする。ぺろっと舌を出しておどけているミサキだが、夜も運動しているとは、俺の知らないところで枕投げでもしているのだろうか。

「……ミ、ミサキさんはいつも明るくて、パーティのムードメーカーでいらっしゃいますね」

「たまに悪ノリが過ぎることもありますが、あの明るさは確かに必要不可欠だと思います」

「ふぁっ、お兄ちゃん今私のこと褒めませんでした!? 気のせいですか!?」

「ミサキ、集中できないなら私が代わりにトッピングするわよ」

「あっ、そんなところに謎のお肉で出来たサラミを……！」

「……謎じゃない。『アングリーボア』の肉が材料だから」

前にも『ワイルドボア』のベーコンを使ったサンドウィッチを食べたことがあるので、『ボア』系の魔物の肉は迷宮国においては豚肉と似た扱いらしい。

「えーと……賑やかですみませんが。『原色の台地《げんしょくだいち》』の探索についても、報告させてもらってもいいでしょうか」

「ふふっ……ギルドで報告を行うよりも、リラックスできるのは利点かもしれませんね」

◆今回の探索による成果◆

・『原色の台地』３Ｆまで侵入した　30ポイント
・『アリヒト』のレベルが7になった　70ポイント

・『テレジア』のレベルが7になった　70ポイント
・『キョウカ』のレベルが6になった　60ポイント
・『メリッサ』のレベルが7になった　70ポイント
・『スロウサラマンダー』を2体捕獲した　240ポイント
・賞金首『★三面の呪《のろ》われし泥巨人』を1体討伐した　3600ポイント
・『☆憐憫の幻翅蝶』を1体討伐した　3200ポイント
・パーティメンバーの信頼度が上がった　25ポイント
・『リョーコ』を救助した　100ポイント
・『カエデ』を救助した　100ポイント
・『イブキ』を救助した　100ポイント
・『アンナ』を救助した　100ポイント
・『フォーシーズンズ』と共闘した　10ポイント
・『シロネ』を救助した　100ポイント
・『シロネ』をギルドセイバーに引き渡した　500ポイント

探索者貢献度　8375ポイント
七番区歴代貢献度ランキング　1
六番区貢献度ランキング　1180

『青い蝶』を倒した分は貢献度が加算されないようだが、それでも8000ポイントを超えている――続けて二体の『名前つき』を倒したことが大きかった。

「こ、これは……アトベ様、『フォーシーズンズ』の皆さんとシロネという方を救助する際に、まさか『名前つき』を討伐されたのですか？」

「はい、二層と三層で一体ずつ……『フォーシーズンズ』の皆は魔物に捕まってしまっていましたし、シロネも魔物を倒さないと解放できない状況だったんです」

「ああ……本当に、アトベ様の報告を受けるときは心の準備をいつもこれでもかとしているのに。また意識が飛んでしまいそうになりました。本当に無茶を……いえ、アトベ様方には、これはもう無茶ではないのでしょうね」

ルイーザさんは片眼鏡《モノクル》を外す。そして上気した頬《ほお》を恥ずかしそうに押さえてから、少し目を潤ませて微笑《ほほえ》んでくれた。

「おめでとうございます、アトベ様。七番区にいる段階で貢献度を稼いでも、六番区の探索者ランキングには参考記録としてしか反映されませんが……それでも、六番区にいる8000人の中で1180位ということは、やはり初めから上位ギルドを利用できることになります」

六番区に行っても、初期の序列は低くはない。しかし、五番区に上がろうとしている探索者の数によっては、競争率は高くなる——やはり、五番区に今の段階で行けるというのは破格の近道だ。

「……ルイーザさん、後で話したいことがあります」

「はい、ギルドセイバー本部から通達は受けています。五番区からの救援要請があったのですね」

二つも上の区で、スタンピードの危険がある——俺たちは街の防衛の一助を担うだけとはいえ、戦う相手は七番区と比べれば急激に強さを増すだろう。

それでもルイーザさんは、落ち着いてその知らせを聞いてくれた。俺たちが『奨励探索者《しょうれいたんさくしゃ》』となったときから、一時的に上位の区に行く可能性があるとは分かっていたのだろう。

「一歩ずつ進んでいく方が、危険は少ないのかもしれません。でもアトベ様たちが、五番区に少しでも早く行きたいという気持ちも、八番区の頃《ころ》から伝わっておりましたから」

「……ルイーザさん」

「私も一緒に五番区まで行きます。戦闘に参加することはできませんが、アトベ様たちの専属として、五番区でのご活躍を拝見させてください」

俺たちの力が五番区の魔物に通用するのか。通用するのなら、手は届く——エリーティアの親友を救うチャンスが、想像していたよりずっと早く訪れる。

「五番区に行くかどうか、これから話し合って決めるつもりです」

「もう、お気持ちは皆さん同じなのではないですか。七番区の『名前つき』を続けて倒すことができるアトベ様方であれば、五番区の通常の魔物にもお力は通用するでしょう」

ルイーザさんの激励は、台所にいる皆にも届いていた。改めて確かめるまでもなく、全員の気持ちは同じだ。

「ここまで来たら、チャンスを活《い》かすしかないわね……一日でも早く、エリーさんの友達を助けないと」

「……まだ、ほんの少し前のことなのに。エリーさんと出会ったばかりのときは、五番区に行けるのはもっとずっと先だと思っていました」

「私なんて、全然戦いの役には立たないけど、お兄ちゃんたちと一緒に行くならどこでも怖くないんだよね。あ、悪い意味じゃないから安心してね、お兄ちゃん」

このメンバーならどんな無謀も恐れない——なんてことじゃない。俺たちはいつでも、魔物と戦うときは緊張感を持ち続けている。

「……ありがとう、みんな」

しかし、実際に経験したエリーティアは俺たちよりも理解している――これから六番区に上がろうというパーティが、五番区で戦うことの危険性を。

「クーゼルカさんは、招集は明日と言ってたわね。私たちも今日は、しっかり食事をしてゆっくり休みましょう」

五十嵐さんが言ったところで、テラスハウスのドアベルが鳴った。マドカが対応に出て、『涼天楼《りょうてんろう》食堂』と『ルーヴェンの風』の料理を『運び屋』の人が居間に運び入れる。

同時に、貸し工房にいたセレスさんとシュタイナーさん、そして――医療所での治療を終えた『フォーシーズンズ』、セラフィナさんとアデリーヌさんもやってくる。

「全く、ここのパーティはいつ来ても賑やかじゃのう」

『そんなこと言って、親方さまもずっと心配してたんだよ。それでこの家の前に来たら、みんな集まってたから……』

シュタイナーさんの肩の上に乗ったセレスさんは照れ隠しに口を尖らせる。

「……彼女たちが、ぜひアトベ殿たちをお見送りしたいと」

「幸い、『泥巨人』との戦いでの怪我《けが》はほとんどなかったので……明日まで待つより、今日のうちにアトベさんや皆さんの顔が見たいということだったので、一緒に来ちゃいました。セラフィナ隊長は騒がしくしてはいけない、なんて言ってたんですけどね」

『フォーシーズンズ』の四人は、家に入ってきてもしばらく何も言わずにいた。俺はソファから席を立って、彼女たちを迎える――俺も何を言うべきかと考える。

お互いに無事で良かった。俺たちは先に行くが、皆も元気で――それでもいいのだろうが、一番しっくりと来る言葉ではない。そんなことを考えているうちに。

「……アトベさんっ……」

「先生っ……！」

「兄さんっ……！」

「アリヒト……ッ」

　四人が一斉に駆け寄ってくる――抱きつかれそうな勢いだったが、みんな一歩手前で止まって、顔を見合わせて照れ笑いをする。

「あはは……あかんね、うちらこんなときも息がぴったりなんやから」

「あ、あたしは別に、先生にお礼が言いたかっただけだから。カエデと違って」

「……アリヒトが助けに来てくれたときのことを考えても、ハグくらいはしても仕方がないと思うのですが」

「それはそうだけど、アトベさんを取っちゃうようなことはしちゃいけないわね。そうですよね、キョウカさん、ルイーザさん」

「あら、私のことは気にしなくてもいいのよ。後部くんだって、みんなに好かれて悪い気はしないでしょうし」

「キョウカさんがそう言うのであれば、私も同意見ということにしておきます。またお会いできて嬉しいです、皆様方」

　ルイーザさんが席を立ち、『フォーシーズンズ』の四人と握手をする。料理の準備を終えた皆も出てきて、一気に和気藹々とする。

　セラフィナさんがこちらにやってきて、会釈をしてくれる。アデリーヌさんは後ろでなぜかぐっと拳《こぶし》を握っているが、それはセラフィナさんを激励しているのだろうか。

「アトベ殿、五番区に行かれる際は私も同行させていただきます。クーゼルカ三等竜尉《さんとうりゅうい》からの特命が出ておりますので……私がお役に立てる局面がありましたら、ぜひ戦闘に参加させていただければと」

「ありがとうございます、それは助かります。五番区の敵と戦う時には、初回の攻撃《ファーストコンタクト》をどう凌《しの》ぐかが問題だと思っていましたから」

セラフィナさんは胸に手を当てる――ギルドセイバーの軍服姿だが、鎧を身に着けていないときは普段から着ているのだろう。アデリーヌさんはラフな服装なので、非番のときの服装は自由ということらしい。

「セラフィナ＝エーデルベルト中尉、渾身の力を持って初撃を受け止める覚悟であります」

「はい、よろしくお願いします。俺たちはセラフィナさんよりレベルが低いメンバーばかりですが、足は引っ張らないように頑張ります」

「もう何度も組んでるのにその謙虚ぶりには、本当に感心しますよね……あ、感心するっていうと上から目線な感じですか？」

「……アデリーヌ、大事なところで茶化すのはいたずらに評価を下げるぞ」

「あはは、隊長が照れてる。長い付き合いですけど、こんな顔してくれるようになったのはアトベさんたちと会ってからですよ」

アデリーヌさんはそこまではおどけていたが、急に神妙な顔をすると、俺の肩に手を置いてきた。何事か、と場の空気が緊張するが――。

「隊長のこと、よろしくお願いします。アトベさんなら任せられると思うので」

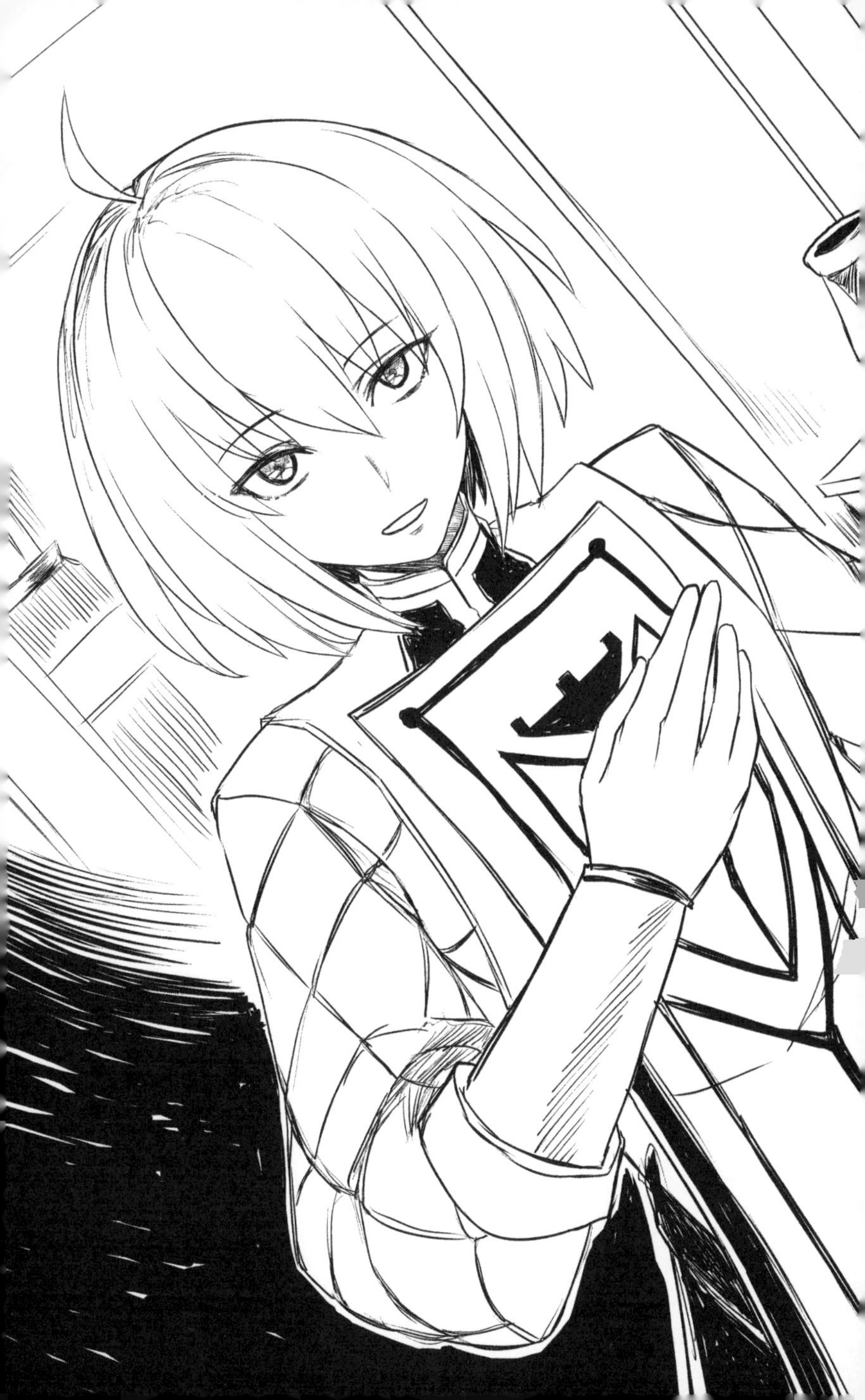

「な、何を……そんな言い方をしては、アトベ殿に迷惑が……っ」

「なーんて、たまに真剣になると効果てきめんなんですよね。そう思わないですか、ミサキさん」

「ふぇっ、えっと、確かにそうだなっていうか、お兄ちゃんには効果的というか……」

「今日はですね、うちの隊長がお世話になる人たちに挨拶をしておきたくてですね。同時にこのアデリーヌのことをお見知り置きいただきたいなと。事後承諾ですがいいですよね、隊長」

有無を言わせぬという勢い——だが、みんな分かっていた。

アデリーヌさんはセラフィナさんとしばらく会えなくなると分かっているのだ。それで、名残りを惜しむつもりで——と思ったのだが。

「アトベ殿、私たちの部隊もまた後方支援ではありますが、五番区に向かいますので……アデリーヌに気を遣う必要はありません」

「もうちょっと引っ張ってくださいよー。こういう時だから話してくれる本音とか、そういうのを楽しみにしてきたのに」

「……お兄ちゃん、私今気がついたんだけど、アデリーヌさんと気が合いそうです」

ミサキが深刻そうに深刻でもない発言をするが、誰《だれ》もが納得した様子だった。アデリーヌさんはまんざらでもないようだ——こんなふうに友情が芽生えることもあると、無難に落としておくことにする。

涼天楼《りょうてんろう》食堂の限定メニューである薬膳スープは、僧侶が塀を飛び越えて飲みにくると言われるほどの味わいだった。材料が七番区の各迷宮に生息する、出現率の低い希少な魔物から取れるため、一ヶ月に一度食べられるかどうかだという。

「あんなものを食べさせられたら、どんな聖人でも火照ってしまうじゃろうな」

『親方さま、一杯だけじゃ物足りないなんてはしたないことを言ってたもんね』

今は居間にセレスさんとシュタイナーさんがいて、皆は人数が多いからということで、近くの浴場に向かった。探索者の疲れを取るためのスパということで、俺も後から行くことになっている。

「あまりに旨《うま》いのじゃから仕方あるまい。次の機会を気長に待つとしようぞ……それでアリヒト、装備品の加工などはどうする？　明日の朝出発するのであれば、加工できる数は限られるがの」

『魔石やルーンの付替えならすぐにできるよ。素材を加工して装備を作るなら、二つか三つくらいかな』

「じゃあ……スズナの『牧神の角笛』には何がつけられますか？」

「魔石が一つと、ルーンがつけられるのう。『角笛』を実戦で使ってみて手応《てごた》えがあったのなら、『響《フォニア》』のルーンを装着しておくのが良さそうじゃな」

ルーンだけでなく魔石がつけられるのなら、スズナの『角笛』に『停滞石《ていたいせき》』をつけてもらうことにする。音による範囲攻撃に『停滞』の力が加わると、強力な効果を発揮できそうだ。『氷結石《ひょうけつせき》』が一つ余っているが、魔法銃に装填する使い方もあるので保留としておく。

これで残っているルーンは、魔力の半分を最大体力に付加するという『転《オルタ》』のルーンと『無慈悲なる葬送者《そうそうしゃ》』がドロップした『闘《ベラム》』のルーンだ。『転』のルーンは効果上、セラフィナさんに使ってもらいたいと思っているのだが――ルーンスロットのある装備が他に見つかれば、また検討の余地が出てくる。

そして『闘』のルーンだが、鑑定したところ、このような能力になっている。

◆闘《ベラム》のルーン◆
・パーティメンバーが戦闘不能になった人数に応じて近接戦闘能力が上昇する『孤軍奮闘』を発動できる。

「『闘』のルーンは……リスクを考えると使い所が難しいのう。戦闘不能になるということは、それだけ生命の危機に瀕するということになる」

装着するとすれば、レベルの高いエリーティアか、体力の高いシオン、セラフィナさんということになるが——ルーンスロットのある武具はエリーティアもシオンも持っていない。セラフィナさんについては改めて聞いてみる必要がある。

「そして、加工に使えそうな素材は……なんと、能力値が上がる果実を複数持っておるのか」

「こういう貴重なものは、使い所が難しいですね。何かの素材に使えるんでしょうか？」

「レベルの高い探索者の間でも、こういったものはできるだけ効果が高くなるように工夫して使うことが推奨されておる。レベルの高い『調薬師』などを見つけたら、持ち込んでみると良いかもしれぬな。果実を材料にして、より効果の高い薬を作ってくれる」

「なるほど……それなら、今のところは温存しておきます」

『他に手に入れた素材は、アクセサリーに使うのが良さそうだね』

◆加工に使用できる候補素材◆
・スノードロップ×1
・雪水晶《ゆきすいしょう》×1

・水精晶《すいせいしょう》×1
・青蝶《せいちょう》の琥珀《こはく》×1

「そういうことなら、みんなに何に使いたいかを聞いた方が良さそうですね」

「うむ。こういったものは、みんな一つずつ欲しいじゃろうからな……今回は数が足りぬから、また見つかったらプレゼントするのが良かろう」

「ああ、そうか……女性は綺麗《きれい》なものが好きですからね。装備品としてのことだけ考えるのはデリカシーが足りませんでした」

『さすが親方さま、そういう人間関係の機微に関しては年の功がものを……あいたっ』

「歳などわしらの種族であれば、さして関係ないわ。そうさの、アリヒト」

「は、はい……」

風呂場でセレスさんたちと会ったとき、湯気でよく見えなかったが、今の少女のような姿より随分と成長して見えた。しかしあれがなんだったのか、俺は未だに聞けずにいる。

「では、風呂にいる皆と合流して、希望を聞いておくとしよう」

◆魔石・ルーンの装備変更◆
・『★牧神の角笛』に『響《フォニア》のルーン』『停滞石《ていたいせき》』を装着 → 『★牧神の響声《きょうせい》＋1』に変化

◆装備加工◆
・『キョウカ』が『スノードロップのイヤリング』を入手

・『スズナ』が『雪水晶《ゆきすいしょう》のペンダント』を入手
・『エリーティア』が『水精晶《すいせいしょう》のペンダント』を入手
・『テレジア』が『バタフライリング』を入手

二　迷い

俺もみんなの後からスパに行き、風呂上がりには酒場になっているロビーに全員が集まっていたので、そこで技能について相談させてもらった。

◆アリヒトの取得可能な新規技能◆
スキルレベル2
アシストドール：前にいる味方の作ったゴーレムなどを強化できる。
バックドア：撤退時に敵の情報を常時取得できるようになる。必要技能：バックスタンド
エスケープアンカー：『殿軍《でんぐん》の将《しょう》』発動時に行動速度が大きく上がる。必要技能：殿軍の将

スキルレベル1
支援前線1：前にいる味方が攻撃を受けたとき、敵をノックバックさせる。
残りスキルポイント：3　未取得

◆キョウカの新規技能◆
スキルレベル2
☆フロストアーマー：氷属性で打撃を反射する。探索者が作り出した人形、ゴーレムなどにも効果が付与される。必要技能：囮人形　エーテルアイス

スキルレベル1
☆エーテルアイス：氷属性のエーテルを設置する。

残りスキルポイント：3↓0

◆テレジアの取得可能な新規技能◆
スキルレベル2
罠感知2：罠を見抜く特殊な視界を手に入れる。必要技能：罠感知1
アンチボディ：毒などの状態異常を一定確率で無効化し、一定時間攻撃力と速度が上昇する。
ウェポンバイト：敵の武器攻撃を受け止め、成功すると武器を奪い取る。

スキルレベル1
☆受け流し：特定の盾を装備しているときに回避能力が上昇する。

残りスキルポイント：3↓2

◆メリッサの取得可能な新規技能◆
活け造り：体力が一定以上減少した魚系の魔物を、一定確率で一撃死させる。
スキルレベル2
☆キャットステップ：回避率が上昇する。回避成功時に相手に『魅了』を付与することがある。
必要技能：キャットウォーク
スキルレベル1
毒味：食べたものに毒があるかを判別する。毒の影響は軽減される。
残りスキルポイント：3→0

レベルが上がって新しく取れるようになった技能の他にも、スキルポイントが足りずに取得できていない技能が沢山ある。それが必要になったときに取ることを考えると、これは確実に有用だと分かるもの以外は保留しなくてはならない。

テレジアの『罠感知2』はぜひ取りたいが、『アンチボディ』もスキルポイントが2必要になるため、今はどちらも取らなかった。『ウェポンバイト』は武器を持つ魔物が出てこないとメリットがないが、『受け流し』の方は円盾《タージェ》を使うテレジアには合っている技能で、ポイントの消費が1ということで取っておくことにした。

メリッサも回避技能が欲しいとの希望で、キャットウォークとキャットステップを同時に取得している。

今夜は『フォーシーズンズ』がぜひ泊まっていきたいということで、ベッドが足りないという問題が生じたわけだが——なんと『フォーシーズンズ』は以前使っていたという寝袋を持ち込んできて、二階の寝室は家キャンプの様相を呈している。

みんなのかしましい声が聞こえる中で、俺はソファでまどろんでいたが、いつの間にか深く寝入っていた。再び目を開けたときはまだ深夜で、暗い部屋に目が慣れてくると、毛布もかけずにソファに座り、眠っているテレジアの姿が目に入る。

俺はテレジアをソファに寝かせ直すと、毛布をかける。起こしてしまうかと思ったが、今日は深く眠っているようだった。

「……すぅ……」

寝息が小さく聞こえ、かなり長い間隔だが、かすかに胸が上下している。一見すると息をしていないように見えるほど小さな動きなので、しばらく心配で見守ってしまった。

（……真っ暗な部屋で寝顔を見てるのは良くないか）

俺は音を立てないように居間を出て、一息つこうかと考える——すると玄関に出たところで、寝間着姿の五十嵐さんに会った。

「五十嵐さん、こんな時間にどうしました？」

「後部くん、良かった……よく寝てるみたいだったから、起こさないでおこうと思ったんだけど。エリーさんとスズナちゃんが、家の外に出てるみたいなのよ」

「エリーティアとスズナが……分かりました、少し俺が近くを見てきます」

「ええ、お願いね。私も行きたいけど、こんな格好だから」

五十嵐さんは寝間着にカーディガンを羽織っている状態で、少し肌寒そうだ。日中は夏の陽気なのだが、夜になると少し冷えるというのが、このところの七番区の気候だ。

「……その服だけだと少し寒いでしょう。これ、羽織っていく？」

「あ……五十嵐さんも寒いでしょうから、俺は大丈夫……」

遠慮しようとしたのだが、五十嵐さんのカーディガンを羽織らされてしまった。すごくいい香りがするのだが、そんなことはとても口に出せない。

「後部くん、結構肩幅が広いのね……でも大きめのサイズにしておいて良かった」

「あ、ありがとうございます。それじゃ俺、行ってきますね」

「ええ、気をつけて行ってきてね」

五十嵐さんに見送られ、テラスハウスの外に出る。ライセンスを使えば、二人の居る場所はすぐに分かる――歩いて五分ほどの場所にある、住宅街の中の公園だ。

迷宮国の街では、樹木がある場所は限られている。その公園は、石造りの街の中で緑を少しでも見ることができるようにと、後から植樹されて作られたようだった。

魔道具の街灯は周囲を淡く照らすだけだが、公園に設置されたモニュメントの前に座っている二人を見つけるには十分だった。

「……エリーさん、私たちではまだレベルが足りませんか？」

スズナの声が聞こえて、俺は足を止める。今、二人に声をかけるべきなのか迷う――話の内容によっては、俺に聞かれたくない内容ということもありうる。

それなら、ここで聞いていることも正しくはない。しかし、そのままこの場を離れるわけにはいかなかった。

「六番区に行って、迷宮に潜って、少しずつ強くなって……それで五番区を目指さないと、危険だと思っているんですよね」

「……五番区に戻ることは、私一人でもできる。でも、一人じゃどうにもならなかった……だから仲間を探したの」

「それなら、皆で五番区に行けるようになった今、迷うことなんて……」

「……分かってる。皆が五番区に行くことに賛成してくれてる……このチャンスは、アリヒトがいて、みんながいて、それで手に入ったもの。それは凄く嬉しい……だけど……」

エリーティアは迷っている――今まではまだ遠いと思っていた、俺たちが全員で五番区に上がるときが、予想以上に早まったからだ。

通常の手順を踏んで五番区に行くよりも、リスクは大きくなる。俺達が五番区に呼ばれているのは、戦力が少しでも求められる状況――スタンピードを控えているからだ。

「五番区の魔物と、私は一度もまともに戦えてない。旅団には幾つかのパーティがあって、私は三番手のパーティにいたから……『赫灼《かくしゃく》たる猿侯《えんこう》』に襲われたときはレベル8で、本来なら五番区に上がれるような強さはなかった。兄が団長で、父が立ち上げた組織だったから、置いていてもらえただけ」

「……エリーさんは『赫灼《かくしゃく》たる猿侯《えんこう》』という魔物に襲われたと言っていましたね。その時は、探索に参加していた……それは、どうしてだったんですか？」

「私たち第三パーティがあの迷宮でこなすはずだった役割は、敵の戦力を一箇所に集中させないための陽動……敵の主力じゃない、『猿侯』の従えている幹部のうち一体を引きつけることが役目だった。なのに、あの日だけは……情報屋に幹部がいると教えられた場所で、『猿侯』が奇襲をかけてきた……」

――魔物が組織を構成し、『猿侯』が首領として率いている。そして『猿侯』には、探索者を欺く狡猾さがある。

エリーティアは『猿侯』の奇襲を受け、仲間を奪われた。五番区に行けるという段になって、その時の感情を思い出してしまっても無理はない。

俺がシロネによって仲間と分断されたときも、一瞬とはいえ諦念を覚えずにはいられなかった。俺が間に合っていなかったら、俺がいない状態で『泥巨人』を仲間たちが倒せなかったら――。

「『旅団』は『猿侯』と戦うことを目的にしていたわけじゃなかった。『猿侯』に捕らえられた探索者が持っている、呪《のろ》いの武器を手に入れようとしていたの。第二パーティがその目的を達して、団長から撤退の命令が出た。けれど『猿侯』と戦っていた私たちには、救援が来なかった」

『自由を目指す同盟《ビヨンド・リバティ》』のやり方は、効率のいい狩り場から他の探索者を締め出すというものだった。一つの方法とは言え、それも全肯定はできないが、『白夜旅団《びゃくやりょだん》』のやり方には根本的に同意できない。

「……救援を出さないことは、元から決まっていたことだったんですか？」

スズナも聞きたくはないようだった。声を震わせながらも、それでもエリーティアを真《ま》っ直《す》ぐに見つめて問いかける。

「……兄も初めは、協力して迷宮を攻略していこうとしてた。でも六番区を抜けるまでに、何かがあって……兄の考え方は、大きく変わってしまった。どんな方法を使っても上の区に行くこと、そのために強くなることを優先するようになった。その方針に賛同できる人だけを集めて、『旅団』は今の形になった」

「だから……目的を達したのなら、仲間が脱落してもいいということですか……？」

初めは、『旅団』の非情さに動揺しているのだと思った。しかしスズナの声に宿る感情は、それだけではなかった。

「他のパーティがどんな方針でやっていくのかは、自由であるべきだと思います。私が文句を言ったりするのは、筋違いだと分かってます……でも……」

「……『猿侯』を相手にするはずだったのは、第一パーティだった。私たちも旅団の一員だから、本当は同じリスクを背負わないといけない。だから、そのときは団長に強く反発する人も、離脱する人も出なかった。数人から出た、『猿侯』に捕まってしまったルウリィを助けたいという意見も、旅団全体を動かす力にはならなかった」

エリーティアは諦《あきら》められなかった。所属している組織が、親友を助けないと決めたとき、どう思ったのか――想像するだけで、怒りと無念さが胸を満たす。

「それほど強い魔物に遭って……ルウリィさん以外が無事でいられたのは……」

『猿侯』の奇襲を受けたのなら、隊列は乱れ、パーティは混乱していたはずだ。しかし、捕まったのは一人だけだった。

その理由を口にしようとしたエリーティアの身体《からだ》が震える。その震えを止めるために、彼女は強く自分の腕をつかんだ。

「……ルウリィは戦闘向きの職業じゃなかった。でも……パーティが窮地に陥ったときに救うための『士気解放』を持っていたの」

士気解放『救いの手《サルベーション》』。自分の体力を使って敵にダメージを与え、仲間を階層の入り口に転移させる――その『士気解放』をルウリィが使ったとエリーティアは話してくれた。

「私たちは……気づいたら、『猿侯』たちから逃れていて。ルウリィはどこにもいなくて……探しに行こうとした私を、団長が……」

エリーティアは兄の手で気絶させられ、次に目が覚めたときには『旅団』が宿舎としている屋敷の一室にいたという。

「私がもっと強かったら、ルウリィに『士気解放』なんて使わせなかった……私があいつの足止めをできたら、前衛の役目を果たせたら……私が『緋の帝剣《スカーレットエンペラー》』をもっと上手《うま》く使えていたら……ルウリィは……っ」

エリーティアは涙を流し、後悔を口にする。スズナはエリーティアを抱きしめ、しばらく何も言わずにいた。

どうしても分からないことがある。しかし、それは考え方の相違なのかもしれない。

旅団の第一パーティ、第二パーティであれば、ルウリィを助けられる可能性はあったはずだ。それなのに挑みもせずに切り捨てたのは――『猿侯』と自分たちがぶつからずに済んだことを、幸運だったと考えたからなのか。

だが、どんな事情があっても俺の結論は変わらない。

八番区まで仲間を探すために降りてきたエリーティアとスズナが出会い、俺たちと合流した。

エリーティアに何が起きたのか、まだ俺たちは全《すべ》てを知らない。それでも、彼女の目的は、彼女がパーティに加わった時から、重んじるべき目標になった。

俺たちはエリーティアに助けられてきた。だからエリーティアを助ける。それは何があっても変わらない。

「……アリヒトさん」

「っ……」

俺は街灯の明かりの下に出ていった。二人が俺の姿に気づき、こちらを見た。

「二人が外に出てると聞いて、探しに来たんだ。話も、途中から聞かせてもらった」

「……ごめんなさい。皆が賛成してくれたのに……五番区の魔物の強さを考えたら、まだ……」

「今、五番区に行くのは早い……か。確かに、六番区で強くなって五番区に行く方が、戦いは楽になるんだろうな」

「アリヒトさん……」

心配も何もせず、肯定的な側面だけ見て五番区に行く。

強敵との戦いに臨む上で、そうするのも一つの選択だ——だが、エリーティアが今求めているのはそんな言葉ではないだろう。

「だが、エリーティアもそうだが、俺たちはレベルが高いセラフィナさんと組んで戦ってきた。レベル9の『名前つき』……『葬送者《そうそうしゃ》』や『泥巨人』を倒せたということは、もう少しレベルが高い通常の魔物とも戦えるってことだと、俺は思う」

「……それは……」

「五番区の魔物がどれくらいのレベルかは聞いておきたい。数字を見ただけで動揺するつもりはないけどな」

「迷宮によって、差はあるけど……レベル11くらい。『赫灼《かくしゃく》たる猿侯《えんこう》』のレベルは12だったわ」

七番区でレベル9の『名前つき』が現れたのは、やはり通常では起こり得ない例外的な事象だった。

だからこそ——この区で苦戦したからこそ、五番区に行くことは無謀ではなくなる。

「レベル10を飛ばして11の魔物と戦うかもしれない……一体倒すだけでやっとかもしれないが、戦力になれないことはなさそうだ」

「っ……でも……もし一回でも攻撃されたら……」

「大丈夫です、エリーさん。みんなで協力すれば、きっと……」

「そうそう、そんなこと今さら心配してどうするんですか」

――後ろから声がして、振り返る。すると、さっきまで俺がいた街灯の陰から、いつの間にかついてきていたミサキが出てきた。

「ごめんなさい、後部くん……やっぱり心配になってみんなで来ちゃった」

「ワンッ」

「……エリーティアにレベルは追いついてないけど、足は引っ張らないようにする」

「…………」

五十嵐さん、シオン、メリッサ、そしてテレジアも一緒に来ている――最後に出てきたのは、マドカとセラフィナさんだった。

「あ、あのっ……私、戦うことはできないですけど、皆さんが五番区に行くのなら、一緒に行きたいです……！」

「私もレベルという意味では、五番区の魔物とようやく渡り合えるというところですが……このパーティであれば、『奨励探索者《しょうれいたんさくしゃ》』の称号に足りる貢献ができると思います」

エリーティアの瞳《ひとみ》が揺れる。しかし涙が溢れる前に、彼女は顔を覆う。

そして次に顔を上げた時には、俺たちが良く知っている瞳の輝きを取り戻していた。

「……ありがとう。みんなで五番区に行けるのなら、それが一番嬉しい」

「ああ。一緒に行こう、エリーティア」

　右手を差し出すと、エリーティアは俺の手を引いて立ち上がった。スズナも一緒に立ち上がり、少し目を潤ませて俺を見る。

「探しに来てくれてありがとうございます、アリヒトさん、皆さん」

「もー、こういうときは私も連れていってくれないと。エリーさんとスズちゃんと同じ、お兄ちゃん子同盟なんだから」

「ミサキちゃんはそうやって茶化すところがあるから……ううん、よく寝てたから置いていかれちゃったんでしょうね」

「明日に向けて……もう今日ですけど、なかなか寝付けないなと思ってたらぐっすり寝ちゃってました」

　途中まで寝付けなかったというのは本当かもしれないが、やはり彼女のムードメーカーぶりにはいつも助けられている。

「……泣いてる場合じゃない。泣くのは、友達を助けてから」

　メリッサがエリーティアに声をかける。エリーティアは微笑《ほほえ》み、そして言った。

「ええ、メリッサの言う通りね……まずはどんな任務を与えられても、全力で戦わないと。そうじゃなきゃ、五番区に呼ばれた意味がないものね」

「さて……そうと決まれば、そろそろ戻るか。まだ朝までは時間があるから、できるだけ休んでおかないとな」

　皆が連れ立って宿舎に戻っていく。俺も行こうかと思ったところで、別の方向から公園に入ってきたのは——甲冑姿のシュタイナーさんと、その肩に乗ったセレスさんだった。

「アリヒトよ、加工は一通り終わったのでわしらも寝るところじゃ。お主らが五番区にいるうちにお呼びがかかれば、わしらも五番区に行ける」

『ぜひ呼んでほしいっていうことだよ。五番区では良い鉱石が手に入るから、装備も強化できるしね』

「ありがとう、二人とも。滞在の許可が下りて、装備について相談したいことができたらぜひ声をかけさせてください」

「コルレオーネにスーツを作ってもらっておるという話じゃったが、完成したら必ず受け取るのじゃぞ。危なければ無理はするな、初回の緊急招集なのじゃから、生き残ることを最優先にすればよい」

俺は頷《うなず》きを返す。生き残ることを最優先にする——あとのことは、全てその先にある。

三　砂海《さかい》の魔物

早朝——早めの朝食をとり、宿舎を出る準備をしていたところで、ギルドセイバー本部からの連絡がセラフィナさんに入った。

五番区でのスタンピードが、想定より早く始まってしまい、すでに五番区のギルドセイバー部隊と、招集された称号持ちの探索者、そして五番区の探索者たちが対応に当たっているという。

『緑の館』に入り、ギルドセイバー本部に行くと、クーゼルカさんとホスロウさん、そしてギルドセイバー部隊の隊員たちが待っていた。

「招集に応じていただき、感謝します。すでに五番区の市街で戦闘が行われていますので、状況を説明します」

「今回スタンピードを起こしたのは『凪の砂海』……年に一度の単位ではあるが、この迷宮は魔物の生態が理由で個体数の増加が避けられん傾向にある。街に出てきたときは総出で対応するが、平均レベル10程度のパーティでは一体討伐するだけでやっとといったところだ」

クーゼルカさんの補佐であるホスロウさんが、代わりに説明してくれる。平均レベル10——レベルだけ見れば俺たちよりも確実に強いパーティで、一体を相手にしても苦戦するような魔物。

それも、スタンピードということは街の至るところに魔物が移動してくるということになる。防衛する側も戦力を分散しなくてはならず、常に有利な状況で応戦することは難しいだろう。

「しかし、一体ずつでも確実に有効な戦果になる。敵の『名前つき』を撃破すればスタンピードは止まるが、『名前つき』が取り巻きと一緒に行動すると苦戦は必死だ。厳しい戦いになるとは思うが、なるべく魔物を分断するように意識し、他のパーティが苦戦しているようなら、加勢をすることも考えてもらいたい」

「分かりました。周囲の動向に注意して動くようにします」

「……俺は上司でもなんでもないから、そう素直に返事をされるとその……なんだ」

「ホスロウ、照れている場合ではありませんよ。緊張感を維持しなさい」

「はっ、了解であります」

普通に返事をしたつもりが、ホスロウさんの反応は好意的だ。過去に他の区から呼ばれた探索者は、緊張していたりして、返事が硬かったりしたのだろうか。

「……後部くんのそこがいいところなんだけど、私が言うのはおこがましいというか」

「五十嵐さん、どうしました？」

「い、いえ……こほん。せっかく呼ばれたからベストを尽くしましょう、っていうことをね、言おうとしたの」

「わー、私には全然違うことが聞こえましたよ？」

「ミ、ミサキちゃん……あまり、そうやって煽るようなことは……」

「私も好ましいところかと思いますが……ホスロウ殿がアトベ殿に好感をお持ちになるのも頷けます」

セラフィナさんはそういったことを言うのに全く迷いがなく、真顔で言う――こういう場合の方が照れてしまう。ホスロウさんも歩きながら頬《ほお》を掻いていた。

「アトベ殿たちのパーティには非戦闘要員の方もいらっしゃいますね。転移した後は、そのまま五番区のギルドセイバー本部内で待機していただきます」

「仲間に配慮していただき、ありがとうございます。俺たちは、最初は指示通りに戦えばいいということでしょうか」

「ああ……もし討伐が難しくても、無理はしなくていい。探索者にはスタンピードを鎮圧する義務はないが、中には進んで魔物と戦ってくれるパーティもいる。必ずしも、戦力的には不利ということはない」

八番区でスタンピードが起きたときと同じだ――迷宮の中で魔物と戦うことに覚悟ができていても、街に出てきた魔物とは進んで戦うことはしない、そんな人も多い。それは探索者が絶対に鎮圧に参加しなければならないわけではなく、待っていても解決するというのが慣例になっているからだろう。

だが、探索者が少しでも安全を確保して迷宮に潜るように、ギルドセイバーも少しでも多くの戦力を求めている。だから、俺たちに声がかかった。

「……アトベ殿たちにもお伝えしておきます。五番区は強力な魔物が街に出てきてしまったときのために、魔物を追い詰めるための回廊が形成されている地区があります」

「クーゼルカ三等竜尉《さんとうりゅうい》、それは彼らにはまだ……」

「早くはありません。『回廊』に追い詰めた魔物は、『衝角車』などの車両兵器を用いたり、街自体に仕掛けられた特殊兵器を使って攻撃することがあります。もしこれらを使用することになったときは、可能であれば付近のギルドセイバー隊員に助言を受けてください。ギルドセイバーが兵器を使う場合は、巻き込まれないように退避してください」

「『回廊』に『名前つき』を追い込む役割は、俺たちギルドセイバーに任せておけばいい。だが、もしお前さんたちの力が必要になったら……その時は、よろしく頼む」

ホスロウさんが頭を下げる――俺たちのことを、称号を持っているからとお飾りで呼んだわけじゃないというのは、それで良く分かった。

「今回は、鎮圧に参加するパーティに『毒耐性３』の付与されるチャームが二つまで支給されます。装備するメンバーは相談して決めてください」

「砂地で毒と言えば、あれだ……サソリだ。まあ、迷宮のサソリは人間の数倍のでかさがある化け物だがな」

「ひぃっ……サ、サソリって、そんなのがいっぱい街に出てきてるんですか……!?」

「砂地に隠れて生息することから、個体数を減らすことが難しいのです。空を飛ぶ魔物についても同じことが言えます」

サソリの魔物で、強力な毒を使ってくる――遠距離攻撃を使ってくる可能性もあるが、優先すべきは前衛の毒対策だ。セラフィナさんにチャームを一つ渡し、もう一つはシオンのアンクレットにつけておく。

「では……五番区のギルドセイバー本部に転移します。総員、私に続きなさい」

「「「はっ！」」」

クーゼルカさんが部屋の外に出ると、ホスロウさんと部隊員たちも後に続く。アデリーヌさんたちは後で後方支援に来ると言っていたが、既に武装を整えて、先発する俺たちを整列して見送ってくれる。

廊下の突き当たりにあるホールに、幾つかの扉がある。そのうち一つにクーゼルカさんが手をかざすと、扉の脇《わき》の壁に埋め込まれた水晶に迷宮国の表記で『5』と表示され、扉が開いた。

ギルドセイバー本部は全《すべ》ての地区と繋がっているのか——だとしたら、クーゼルカさんたちは四番区以上にも赴くことがあるのか。

転移扉の中に入ってしばらく歩いたところで、空気が変化する——先導してくれているクーゼルカさんが扉を開け、七番区の本部と似ているが、違う場所に出る。そして、待っていたギルドセイバー隊員が駆け寄ってきた。

「クーゼルカ三等竜尉《さんとうりゅうい》殿、通達いたしました通り本日未明にスタンピードが発生しました！　魔物の出現数は現在までで百三十四体、現在の討伐数は十三！　戦線は『凪の砂海《さかい》』入り口から、五番区全域に広がりつつあります！」

「了解。戦況はこちらで確認し、戦線に加わります。私たちの部隊、そして『奨励探索者《しょうれいたんさくしゃ》』の一パーティが参戦し、後からもう一部隊が現着次第、後方支援を行います」

「了解いたしました！　ただちにフューレ三等竜佐に報告を……」

「――本部に報告申し上げます、東部地区に向かって魔物が数体高速で移動しています！　非戦闘員を待避場所に誘導しておりますが、まだ避難が終了しておりません！」

五番区にも多くの探索者がいるはずだが、百三十四体中倒せたのは十三体――スタンピード発生から数時間経過してそれなら、一体討伐するだけでもかなりの時間がかかっている。

「五番区の東……支援者の住居が多い区域ですね。クーゼルカ隊長、どうします？」

「急行しましょう。アトベ殿、地図を共有しておきます。事前にお渡ししておくべきでしたが、制度上五番区に来てからしか開示できないことになっています……申し訳ありません」

「いえ、今からでも教えてもらえれば十分に助かります」

「割り切りの良い奴は好きだぜ、俺は。アトベ君、俺たちと一緒に来てくれるか。町で暮らしてる支援者や、戦えない住民が避難する時間を稼ぎたい」

「分かりました。マドカはここで待機していてくれ、鎮圧が終わったらすぐに迎えに来る」

「はい……っ、お兄さん、皆さん、お気をつけて……！」

五番区のギルドセイバー本部もまた、七番区と同じように地下に造られているようだった。廊下を走り抜け、階段を上がる――途中で転移する感覚があって、地上の建物に飛んだ。

「――アトベ殿、皆さん、止まってください！」

ギルドの建物内部に出たはずだった――ここではまだ魔物の攻撃を警戒する必要はないと思ったが、その考えは甘かった。

◆現在の状況◆

・『デスストーカーG』が『ポイズンブラスター』を発動

階段を上がりきって廊下に出ようというところで、クーゼルカさんが足を止めた——廊下を猛烈な勢いで何かが通り過ぎる。

「魔物の毒液がギルドの中に飛んでくるたぁ……気をつけろ、あれは毒でもあるが溶解液でもある。装備をオシャカにしたくねえなら、奴らが吐くものには触れるな」

「ホスロウ、私が出ます。敵の攻撃を引きつけている間に、あなた達も出てきてください」

「っと……隊長殿だけを行かせるわけにはいきません。荒事は部下にお任せを……って、聞いてねえ！」

◆現在の状況◆

・『クーゼルカ』が『ガルムドライブ』を発動　↓速度、回避率が大幅に上昇

・『ホスロウ』が『バトルクライ』を発動　↓パーティの攻撃力、防御力が上昇

・『ホスロウ』が『バーストダッシュ』を発動

（速い……クーゼルカさんだけでなく、重量のあるホスロウさんまで高速移動の技能を……いや、ただ見てる場合じゃない……！）

「——クーゼルカさん、ホスロウさん、『支援します』！」

通路に飛び出し、先行するクーゼルカさんとホスロウさん、そして建物の入り口まで侵入してきた魔物の姿を見る。

◆遭遇した魔物◆
デスストーカーG：レベル11　敵対　毒無効　属性軽減　ドロップ：？？？

大人の三倍ほどの体躯がある、全身が鎧のような装甲で覆われた巨大なサソリ——その尻尾《しっぽ》が、高速で疾走するクーゼルカさんに狙《ねら》いを定めようとする。

◆現在の状況◆
・『アリヒト』が『アザーアシスト』を発動
・『アリヒト』が『支援防御１』を発動　→対象：『クーゼルカ』『ホスロウ』
・『アリヒト』が『支援攻撃２』を発動　→支援内容：『フォースシュート・スタン』
・『デスストーカーＧ』が『ポイズンブラスター』を発動　→対象：『クーゼルカ』
・『クーゼルカ』が『スピンディフェンド』を発動　→『ポイズンブラスター』を無効化

「はぁっ……！」

クーゼルカさんは剣を回転させて、サソリの尾からジェット水流のように放たれた毒液を霧散させる——ただ剣で受けただけではない、魔力を消費する防御技能だ。

「——ホスロウッ！」

◆現在の状況◆
・『ホスロウ』が『パワーチャージ』を発動　→『デスストーカーＧ』に命中　混乱　ノックバ

ック中　スタン

「おぉぉおらぁぁぁあっ！」

「――ギィィイッ！」

クーゼルカさんが横に跳ぶと同時にホスロウさんが猛烈なタックルを仕掛け、巨大サソリを大きく吹き飛ばす。

「この追加効果は……アトベ君の技能か……！」

「――一気に外に押し出すわよ……！」

「っ……！」

エリーティアとテレジアが飛び出し、『スラッシュリッパー』と『アズールスラッシュ』を繰り出す――『アズールスラッシュ』では属性がついているため、攻撃はほとんど通らないが、ノックバックを狙《ねら》って建物外に敵を出す狙いだ。

「エリーティア、テレジア、『支援する』！」

◆現在の状況◆
・『アリヒト』が『支援攻撃1』を発動
・『エリーティア』が『スラッシュリッパー』を発動
・『テレジア』が『アズールスラッシュ』を発動
・『デスストーカーG』が『魔蠍《まかつ》の構え』に変化　混乱、スタンを解除　正面に対する防御力が上昇　後方に対する防御力が低下

・『デスストーカーG』のカウンターが発動

（——何をした……このまま攻撃したら……！）

「——五番区以上では、『確実に攻撃できるとき』に攻撃しなさい」

◆現在の状況◆

・『クーゼルカ』が『アクティブフェイント』を発動　↓対象：『デスストーカーG』

・『デスストーカーG』のカウンター　↓対象：『クーゼルカ』

・『クーゼルカ』が『流撃の狼煙《のろし》』を発動　↓『デスストーカーG』のカウンターを回避　反撃時攻撃力2倍

「なっ……！？」

「——!!」

エリーティアとテレジアに対して反撃しようとしていた『デスストーカー』が、クーゼルカさんに標的を変えて尻尾の針を繰り出した——あのタイミングで敵の狙いを自分に引き寄せ、それを回避してみせたのだ。

「隊長、自分の分も残しといてくださいよ……っ！」

「——彼女たちの後に続きなさい、ホスロウ」

◆現在の状況◆

・『アリヒト』が『アザーアシスト』『支援攻撃1』を発動 →『デスストーカーG』に十二段命中 2倍打撃 支援ダメージ156
・『クーゼルカ』が『ソードレイン』を発動 →『デスストーカーG』に命中 支援ダメージ13
・『スラッシュリッパー』が『デスストーカーG』に命中 支援ダメージ13
・『エリーティア』の追加攻撃が発動 →『デスストーカーG』に命中 支援ダメージ13
・『アズールスラッシュ』が『デスストーカーG』に命中 ノックバック小 魔力燃焼 支援ダメージ13
・『ホスロウ』が『バーストショルダー』を発動 →『デスストーカーG』に命中 戦域離脱 支援ダメージ13

クーゼルカさんの技の速さは、まさに流れるようだった──銀の剣で降り注がせた斬撃は、雨のように『デスストーカー』に突き刺さり、その装甲を削る。

後に続いたエリーティアとテレジアの攻撃で体勢が崩れたところを、ホスロウさんは発動が遅く、しかし絶大な威力を持つ肩からのぶちかましで大きく吹き飛ばした。ノックバックという次元ではない、この戦いの場から一時退場させてしまう。

「──アトベ君、まだ奴《やつ》は仕留めきれていない！ ここは俺たちに任せて、東地区に向かってくれ！」

「私たちもすぐに駆けつけます！ もし『名前つき』に遭遇しても、無理に仕掛けずにおいてください！」

「状況によってはそうは言っていられないかもしれませんが……俺たちなりにやってみます！ 行

くぞ、みんな！」

「「「はいっ‼」」」

ギルドの入り口から走り出て、東に向かう。探索者とギルドセイバーが入り乱れて交戦している
――『ポイズンブラスター』で建物の壁が溶かされ、サソリの尾針が突き立てられて石畳がめくれあがっている。

サソリが『魔蠍の構え』を取ったことに気づかず、カウンターを浴びて吹き飛ばされる者もいたが、直後に『デスストーカー』が遠距離からの集中砲火を浴びて煙幕が上がる。しかし属性軽減によって有効打とはならず、煙の中から飛び出したサソリは再び猛威を振るい始める。

「「ギィィィイッ……‼」」

「こ、こんなの……っ、本当に皆、無事でいられるんですか……？」

走りながら息を切らせて聞いてくるミサキの問いかけに、俺はすぐに答えられなかった。

八番区の『スタンピード』も壮絶な局面はあったが、あまりに次元が違っている。一体一体が高い突破力と防御力を持ち、近距離と遠距離に対応する攻撃を備え、八人構成のパーティの総攻撃でも容易に沈まない。

「――あんたたちは向こうの通りに向かってくれ！　このままじゃ、非戦闘員が多い地区に侵入される！」

「っ……分かりました！　皆さんも頑張ってください！」

「おおっ……喰《く》らいやがれぇっ！」

この位置関係なら、通りすがりでも支援ができる――『アザーアシスト』で。

（あの男性二人と、女性一人……上手《うま》くいくか……⁉）

◆現在の状況◆
・『アリヒト』が『アザーアシスト』を発動
・『アリヒト』が『支援攻撃2』を発動　→支援内容：『フォースシュート・スタン』
・『アリヒト』が『支援連携1』を発動
・『マーカス』が『ハンマースイング』を発動　→『デスストーカー22』に命中　スタン　脳震盪付加　連携技一段目
・『ゲンジ』が『片手平突き・二連』を発動　→『デスストーカー22』に二段命中　硬直時間延長　連携技二段目
・『リィズ』が『ディレイスナイプ』を発動　→『デスストーカー22』に命中　ディレイ無効　硬直時間延長　連携技三段目
・連携技『ハンマー平突きディレイ』　→『デスストーカー22』の硬直時間延長　脳震盪強化

「ギシャァァァァッ……‼」

スキンヘッドのギルドセイバーが戦槌《ウォーハンマー》を振るってサソリのハサミをかち上げ、直剣を持った剣士が連撃をかけ、さらにクロスボウのボルトが突き刺さる。たまらずにサソリは口から毒液をこぼしながらたたらを踏んだ。

「おわっ⁉　な、何だか分からんが必殺技みたいなことに……すげえ……！」

「誰かが通りすがりで支援してくれたの……⁉　ありがとう！」

「と、とにかくチャンスだ……ここで畳み掛けるぞっ！」

ダメージはそれほど増えないだろうが、スタン効果が延長されて『デスストーカー』の動きが止まっている。さらに三人以外のパーティメンバーも攻撃して状態異常を付与していき、彼らの勝ちは見え始めていた。

「アトベ殿、お見事でした。この短時間で支援を成功させられるとは……」

「ええ、スタンが有効なのはさっきの戦闘で分かっていましたから」

しかし『アザーアシスト』は魔力の消費が大きい——走りながらポーションを飲むのもなかなか大変だ。今後、場合によっては『バックオーダー』の技能を取得し、仲間から魔力を分けてもらう必要があるかもしれない。

ライセンスに表示した五番区の地図に目を落とす——前方に赤い点が見えるが、これが非戦闘員の地区に向かっている魔物か。目を疑うほどに高速で移動しているが、時々止まっているのは交戦しているからか、住民を襲っているからか。

「もうすぐ我々も接敵しますが、作戦はどのように？」

「『ポイズンブラスター』が飛んでくる前に、何とか俺かスズナの攻撃でスタンさせます。その後は前衛がいつも通りに攻撃しますが、敵が『魔蠍の構え』を取ったら、セラフィナさんは盾で攻撃してください。そうすればカウンターを防ぎながら裏に回れる。あの構えは前方の防御を固めますが、背面の防御は手薄になるようです」

「了解しました……っ！」

まだ『デスストーカー』という魔物の攻撃手段全《すべ》てを見たわけではない。支援が上手くいっても全く油断はできない——五番区で成果を出すだけでなく、全員が無事でいなければならないのだから。

先行しているテレジアが、前方の建物の角を曲がるところで何かに反応する。『索敵拡張1』を発動している彼女が、俺たちの中で誰《だれ》より早く敵に気づいている。

「……‼」

「——テレジアッ！」

先行すれば『ポイズンブラスター』の標的になる。それでもテレジアが止まらないのは——戦闘による家屋の崩壊に巻き込まれ、逃げられずにいる人を見つけていたからだった。中年の男性が娘をかばうようにして倒れ込んでいる。

『鷹《たか》の眼《め》』で簡単に脱出できないと視認するが、俺の位置からでは敵がまだ見えない。遮蔽物である建物の奥、左方向——テレジアが見ているのは地上ではなく、上だ。サソリは壁の高い位置に貼り付いているのだ。

（射線が確保できないこの状況で、何ができる……テレジアに引きつけてもらうか。いや、あの親子を庇おうとすれば技能でも回避ができなくなるかもしれない。だが、あるはずだ……何か……っ！）

「——スズナ、『角笛』を吹いてくれ！　魔石の力を使うんだ！」

「はいっ！」

スズナはよく通る声で返事をすると、取り出した横笛を吹く——そして。

◆現在の状況◆

・『スズナ』が『揺蕩う時の音』を発動　→対象：中範囲　『デスストーカーL』に命中　低速化

・『テレジア』が『アクセルダッシュ』を発動

・『エリーティア』が『ソニックレイド』を発動
・『デスストーカーL』が『ポイズンブラスター』を発動 ↓『テレジア』が回避
・『シオン』が『緊急搬出』を発動 ↓対象：『カート』『フラン』

「こっちを向きなさい、大蠍っ……！」

「……っ‼」

「バウッ、バウッ！」

テレジアとエリーティアが敵の攻撃を引きつけるために前に出て、その間にシオンが親子を救出して移動させる――その後に放たれた『ポイズンブラスター』は『停滞石《ていたいせき》』の効果で回避しやすくなり、回避技能無しでテレジアが避けきる。

だが『停滞石』による特殊攻撃はあまりに強力すぎる。相応のリスクがあるのではないかという予想は、やはり当たってしまった。

「っ……あ……」

「――スズちゃんっ！」

ミサキが倒れかけたスズナを支える。魔力の消耗が著しい――この窮地を突破はできたが、スズナの魔力の最大値が上がらない限り、一度しか使えないと理解する。

◆現在の状況◆
・『デスストーカーL』の『低速化』が解除
・『デスストーカーL』が『三角飛び』を発動 ↓対象：『テレジア』

低速化の効果も、音色が途絶えれば続かない――速度が元に戻ったサソリは、攻撃を回避しきったあとのテレジアに続けて襲い掛かる。

特殊な行動も何もない。ただ『速い』というだけ。

テレジアは盾を構えることさえできていない。セラフィナさんでも介入できない――ならば、ここで切り札を切るしかない。

「――アリアドネッ！」

◆現在の状況◆
・『アリヒト』が『支援防御1』を発動　→対象：『テレジア』
・『アリヒト』が『アリアドネ』に一時支援要請　→対象：『テレジア』
・『アリアドネ』が『ガードアーム・ツイン』を発動
・『デスストーカーL』が『シザークライム』を発動　→対象：『テレジア』
・『テレジア』に命中　→ダメージ軽減　装備破壊阻止　拘束状態

「っ……!!」

『ガードアーム』は確かに、サソリの鋏を止めた――だが、二つの腕が出現しても、止められたのは片側の鋏だけだった。

「っ……ぅ……っ……!!」

――これが、五番区。レベル11の魔物。

圧倒的な力でねじ伏せられる。理不尽な暴力を前にしたあの時――『レッドフェイス』を前に味わった感情が蘇る。

「――お兄ちゃん、しっかり！」

「っ……！」

ミサキの声で我に返る。『ガードアーム』は絶対の防御ではない、それは分かっていたはずだ――一瞬でも速くテレジアを救う、そのためには。

スタンで敵の動きを止める。鋏の拘束を外すことができれば、テレジアを救い出せる。

「テレジアを……離せ、化け物っ……！」

「――やぁぁぁぁっ！」

「テレジア殿っ……今すぐに……っ！」

エリーティア、五十嵐さん、セラフィナさんが同時に仕掛ける。連携はできない、攻撃範囲が広くなればテレジアを巻き込んでしまう。連撃でスタンを入れる、その一択だ。

◆現在の状況◆

・『アリヒト』が『支援攻撃２』を発動　→支援内容：『フォースシュート・スタン』
・『エリーティア』が『アーマーブレイク』を発動　→『デスストーカーL』に命中　防御力低下　スタン
・『エリーティア』の追加攻撃が発動　→『デスストーカーL』に命中　硬直延長
・『キョウカ』が『ダブルアタック』を発動　→『デスストーカーL』に二段命中　硬直延長
・『セラフィナ』が『シールドスラム』を発動　→『デスストーカーL』に命中　硬直延長

「――ギイイイッ……！」

◆現在の状況◆
・『デスストーカーL』が『魔蠍《まかつ》の構え』に変化　スタンを解除　正面に対する防御力が上昇
後方に対する防御力が低下
・『デスストーカーL』が『テレジア』の『拘束』を継続　テレジアにダメージ

「っ……あ……‼」


――鼓動が、極端に遅くなるような感覚。

色を失った視界の中、俺を振り返りながら、サソリの鋏から逃れられずにいるテレジアの口から、赤い血が流れる。

一瞬の余地もない。テレジアを護《まも》る、そのために俺ができることを組み上げ、実行に移す。

『――マスター。あなたと共に、忠義の娘を救う』

◆現在の状況◆
・『アリヒト』が『バックスタンド』を発動　→対象：『テレジア』
・『ムラクモ』が『北天六星衝《ほくてんろくせいしょう》』を発動　→『デスストーカーL』に六段命中

「ギシャァァァッ……‼」

背中の刀を抜き、技を放ったのは俺ではない――具現化したムラクモ。

抜き放たれた刀は俺の魔力を吸い、彼女自身の魔力も合わせて目にも留まらぬ突きを繰り出す
――まるで、夜空に星を穿つように。

だが正面からの攻撃に怯みもせず、サソリの尾針が視認できない速度で動く。

俺は叫ぶ。声は聞こえなくてもいい、『彼女』なら必ずやってくれるはずだ。

◆現在の状況◆
・『デスストーカーL』の『カウンター』→対象：『アリヒト』
・『アリヒト』が『バックスタンド』を発動→対象：『デスストーカーL』
・『セラフィナ』が『プロヴォーク』を発動 →『デスストーカーL』の『セラフィナ』への敵対度が上昇

ムラクモの柄を手に取り、彼女と共にサソリの背後に回る。それだけでは、確実に攻撃を回避できる保証はない。サソリの動きは速く、瞬時に反応して針を後方に突き出すこともできるだろう。

だが――サソリの正面には、セラフィナさんがいる。彼女の技能『プロヴォーク』はサソリの敵意を惹きつけ、前方に釘付けにする。

「――はぁぁぁぁぁぁっ‼」

セラフィナさんの一声が響く――そして俺は、アリアドネに加護を願う。

『契約者に加護を与える――星機神の装甲よ、すべてに抗《あらが》う盾となれ』

◆現在の状況◆
・『セラフィナ』が『防御態勢』を発動
・『セラフィナ』が『オーラシールド』を発動
・『アリヒト』が『アリアドネ』に一時支援要請　↓対象：『セラフィナ』
・『アリアドネ』が『ガードヴァリアント』を発動
・『デスストーカーL』が『ハートブレイク』を発動　↓『セラフィナ』に命中　物理攻撃反射

「――ギシャァァァァッ……‼」

耳をつんざくような衝突音――視認できない速さで動いたサソリの尻尾《しっぽ》はセラフィナさんの盾に弾かれ、針が折れ飛んで回転しながら建物の壁に突き刺さった。

『マスター、今なら……！』

「――頼む、ムラクモ！」

サソリがセラフィナさんを攻撃している間に、ムラクモはわずかに俺の前に出ていた。パーティメンバーは八名までで、だが『俺の装備品』であるムラクモもまた、支援の対象となる。

「――行けぇぇぇっ！」

◆現在の状況◆
・『アリヒト』が『支援攻撃2』を発動　↓支援内容：『フォースシュート・スタン』
・『ムラクモ』が『流星突き』を発動　↓『デスストーカーL』に命中　スタン
・『デスストーカーL』が『テレジア』を解放

・『テレジア』が流血　防具破損

「っ……‼」

「――アォォォーーーーンッ！」

テレジアを拘束するサソリの鋏が緩んだ――直後、シオンが駆け込んでテレジアを救助する。

「――シオンちゃんっ！」

『――マスター、後退を！』

◆現在の状況◆

・『デストーカーL』が『妄執の毒霧』を発動　→『シオン』『ムラクモ』に命中　毒に抵抗

「っ……！」

サソリが全身から毒霧を吹き出す――追い詰められてなおこちらに被害を与えようとする、執念じみたものを感じさせる。

「――バウッ！」

『私は毒に耐性がある。これより強い酸なら浴びたくないが、この程度なら蝕まれはしない』

シオンに毒耐性のチャームを持っていてもらったことが功を奏する――シオンは『カバーリング』でテレジアを庇った直後に『緊急搬出』でテレジアを安全圏まで運ぶ。運ばれるその背中に向けて俺は『支援回復1』を発動させる。気休めであっても、テレジアの体力を少しでも回復させたかった。

「ギ……ギギ……ッ」

「──逃がさない」

「私たちも……っ、行くわよ、キョウカ！」

「ええっ！」

エリーティアが畳み掛ける前に、メリッサはこの機会を逃さずに『肉斬り包丁《ブッチャーズナイフ》』を携えて駆け込み、巨大な刃を一閃する。

◆現在の状況◆
・『メリッサ』が『包丁捌き』を発動　→部位破壊確率が上昇
・『メリッサ』が『切り落とし』を発動　→『デスストーカーL』が素材をドロップ
・『闘鬼の小手』の効果が発動　→『駄目押し』の追加打撃
・『エリーティア』が『スラッシュリッパー』を発動　→『デスストーカーL』に命中
・『エリーティア』の追加攻撃が発動　→『デスストーカーL』に命中
・『キョウカ』が『ダブルアタック』を発動　→『デスストーカーL』に二段命中
・『デスストーカーL』が『ニトロブラッド』を発動　→『デスストーカーL』の瀕死状態が解除　体力微回復
・『デスストーカーL』が『死力の遁走』を発動

甲殻の間にメリッサの刃が入り、サソリの尻尾が半ばから寸断される──そこにエリーティアと五十嵐さんが連撃を入れてもサソリは沈まず、その場から逃げ出そうとする。メリッサはすかさず切り取った尾を倉庫に転送し、追い打ちをかけようとするがサソリの逃げ足はあまりにも速かった。

（討伐された数が妙に少なかったのは、そういうことか……どこまでも厄介だ……！）

「――行かせるわけにはいかない。みんなで、一体でも多く止める……！」

◆現在の状況◆

・『スズナ』が『皆中《かいちゅう》』を発動　↓2本連続で必中

・『スズナ』が『ストームアロー』を発動　↓『デスストーカーL』に命中

スズナの『皆中』の特性――『必ず命中する』。それは、敵がどんな速さで逃げていても関係がなかった。

「っ……」

「スズちゃんっ……！」

『ストームアロー』の魔力消費は少なくはない。再び倒れかけたスズナをミサキが支える――だが、彼女の攻撃でサソリは足を止めた。属性攻撃を軽減できても、風圧を無視して動くことはできない。

◆現在の状況◆

・『デスストーカーL』が『ニトロブラッド』を発動　↓発動不能

瀕死状態から体力を回復させる技能も、連続では使えないようだ。俺は前に出たエリーティアと五十嵐さんを支援するため、スリングを構える。

「――ギ……ギギィィッ……!!」

軋むような音を立てて、サソリが天に向けて鋏を振りかざす。

――同時に、辺りの空気が変わる。立ち並ぶ建物の屋根の向こうに、幾つもの光の柱が立ち、俺たちの戦っていた『デスストーカー』もまた光に包まれる。

◆現在の状況◆

・『デスストーカー』8体が『サクリファイス』を発動

・『デスストーカーL』が戦闘不能　『★ザ・カラミティ』を召喚

――空が、歪《ゆが》む。

虚空から這い出るように、鈍色の装甲に覆われた巨体が落ちてくる。

それは祈りを捧げるように天を見上げていた『デスストーカー』を押し潰し、圧倒的な重量を支えるために突《つ》き立った足が石畳を砕く。

◆現在の状況◆

・『★ザ・カラミティ』が『女王礼賛』を発動　→『デスストーカー』の魂8つを吸収

・『★ザ・カラミティ』の全能力が強化　特殊技能発動可能

空に打ち上がった七つの光が、流星のように次々と落ちてきて巨大な蠍《サソリ》に吸収されていく。踏み潰された蠍も光の粒子に変わり、吸い込まれていく。

「魂を喰《く》らって……力に、している……」

「これが五番区の……『名前つき』……！」

鈍色の装甲が白く変化していく。『デスストーカー』の『名前つき』――それはまさに、重戦車のような威容と、貴人の風格を併せ持つ存在だった。

◆遭遇した魔物◆
★ザ・カラミティ：レベル12　警戒　即死耐性　全属性耐性　ドロップ：？？？

「――コォォォ……ォォォ……!!」

高く透き通るような音――技能の名前が示す通り、あの魔物は蠍の『女王』なのだろう。

「ひぇっ……し、尻尾《しっぽ》が増えるとかっ……！」

ミサキが悲鳴を上げる――一本でも脅威となっていた蠍の尾針が、九本に分裂する。その一本一本は細く、『デスストーカー』と似たような使い方をするようには見えない。

『契約者に警告する。眼前の魔物から可能な限り距離を取り、遮蔽物の陰に――』

いつも感情の色が希薄なアリアドネの声に、切迫したものが込められている。

体温が下がる感覚。白い蠍の身体《からだ》が淡く光を帯び、その力が尾に集まっていく。

「――アトベ殿、ここはっ……」

「駄目だ、全員物陰に隠れるんだ！　どこでもいい！」

セラフィナさんを制すると、攻撃を仕掛けようとしたエリーティアと五十嵐さんも反応する――仲間たち全員に声が届く。テレジアを背負ったシオンも、まだ間に合う。

光が、白い蠍の九本の尾の尖端に集まる。両の鋏を振り上げた蠍の女王は、その身体に集められた禍々《まがまが》しい力を解き放とうとする。

『――契約者よ。貴方だけでも、私の……』

アリアドネの意志が伝わる。この攻撃を撃たせれば、無事では済まない。

「――皆は逃げてください！　私が受け止める……！」

セラフィナさんが、逃げない。逃げようとしない――それは、白いサソリと彼女を結んだ直線上、はるか後ろに住民の気配があるから。

分かっていたはずだ、広範囲の攻撃でパーティ全員が巻き込まれるようなことがあれば、俺だけでは守り切れない時が来ると。

（いや、まだだ……後悔したくないなら考えろ。できることをやれ……！）

『ザ・カラミティ』の攻撃が直撃することを防ぎ、セラフィナさんを死なせない。そのために、俺は一つの可能性に賭けた。

第四章　五番区の試練

一　災禍

「――うぉぉぉぉぉっ‼」

◆現在の状況◆
・『アリヒト』が『バックスタンド』を発動　↓対象：『セラフィナ』

「アトベ殿っ……⁉」

「――セラフィナさん、俺にも『守らせて』ください……！」

「っ……はいっ！」

◆現在の状況◆
・『アリヒト』が『支援防御2』を取得　スキルポイント2を消費
・『セラフィナ』が『ディフェンスフォース』を発動
・『セラフィナ』が『オーラシールド』を発動

・『アリヒト』が『支援防御2』を発動　↓支援内容：『ディフェンスフォース』『オーラシールド』

俺の防御能力を反映した防壁で、仲間を護《まも》る技能──『支援防御2』。

普段の俺自身の防御能力はむしろ低いと言えるが、セラフィナさんの持ち手に手を添えることで、俺自身も彼女の防御能力で守られていることになる──ならば。

◆現在の状況◆

・『★ザ・カラミティ』が『スティングレイ』を発動　↓対象：無差別全方位
・『スティングレイ』が『セラフィナ』に命中　ダメージ軽減

白い蠍《サソリ》の尾からあらゆる方位に放たれた、強烈な熱線《ねっせん》。それをセラフィナさんの盾と、俺の技能で複製されて展開されたもう一つの盾が、二重になって防ぐ──閃光が拡散し、セラフィナさんは一歩下がりながらも攻撃を受け止めきった。

「くっ……‼」

「大丈夫ですか、セラフィナさん！」

「ええ、アトベ殿の方こそ……しかし……」

熱線は無差別に放たれている──建物に直撃した熱線は、石壁を爆砕して大きな穴を開けている。

こんな攻撃を連発されれば、街の形自体が変わってしまうだろう。

「後部くん、セラフィナさんっ……良かった、二人とも無事ね……！」

「アリヒトがこの方法を選ばなければ、防げてはいなかったと思う……やっぱり貴方は……っ」

『支援防御1』より強力な防御壁を展開できたのは、セラフィナさんの防御能力を『借りる』ことができたからだ。セラフィナさんが大盾を構えたときの防御力に加え『ディフェンスフォース』の効果で防御範囲が拡張され、『オーラシールド』で熱を防ぐことができた。

「っ……」

「アトベ殿……っ、やはり、魔力の消耗が……」

『支援防御2』を取得したために、今『バックオーダー』は取得することができない。回復手段は『中級マナポーション』しかなく、続けて使うのは限界がある。

（だが『修道士のアンク』の力で、体力を魔力に変えられる。しかし『スティングレイ』がある以上、うかつに接近はできない……どうする……！）

◆現在の状況◆

・『★ザ・カラミティ』がオーバーヒート　『スティングレイ』再使用可能まで冷却開始

・『★ザ・カラミティ』が『殲滅の死装』を発動　→『★ザ・カラミティ』が近接戦闘形態に変化　地形効果：士気減衰

『スティングレイ』を撃ったあとは、自らの身を護るために形態を変える――優雅ささえ感じさせた白い外殻が黒く変化し、鋏の形状が槍のように変化する。

（テレジアは負傷して、スズナも魔力がほとんど残っていない……俺たちのパーティだけでまともに戦えるのか、あの怪物と……）

「――アリヒト、みんなを連れて逃げなさい！　私が時間を稼ぐからっ！」

エリーティアの声が響く。体力も魔力もエリーティアは十分に残している。だがその判断は肯定できない。

「一度退くとしても全員でだ！　エリーティア、無理は……」

「――これ以上傷つくのを見たくないの、誰《だれ》もっ……！」

「エリーさんっ！」

◆現在の状況◆
・『エリーティア』が『ソニックレイド』を発動
・『エリーティア』が『エアレイド』を発動
・『アリヒト』が『支援防御1』を発動
・『★ザ・カラミティ』の攻撃　↓『エリーティア』に命中

ただの攻撃。何の技でもない、純粋な速度が、エリーティアを捉える。

赤い飛沫《しぶき》が散る。しかしそれは、エリーティアの覚悟を示していた。

「――あぁぁぁぁぁっ！」

エリーティア自身の血で『ベルセルク』が発動し、彼女の瞳《ひとみ》が赤く変わる――『レッドアイ』が発動したのだ。

彼女の凄絶な声を聞きながら、俺にできることは一つしかなかった。

「エリーティア……支援する……！」

◆現在の状況◆
・『アリヒト』が『支援攻撃1』を発動
・『エリーティア』が『ブロッサムブレード』を発動
・『スカーレットダンス』の効果により攻撃力上昇　防御力低下
・『★ザ・カラミティ』に二十四段命中　支援ダメージ312
208
・『エリーティア』の追加攻撃が発動　→『★ザ・カラミティ』に十六段命中　支援ダメージ
・『★ザ・カラミティ』が『不滅なる高貴』を発動　ダメージ半減　自身の体力と魔力が徐々に
回復

「コォォォ……オォ……!!」

「どうして……効いてないっていうの……!?」

怯みもせず、全《すべ》ての斬撃を受けきって——ダメージが無いわけではない。受けても回復しているのだ。

装甲についた傷が消えていく。常に窮地を打開してきたエリーティアの攻撃でさえ、『ザ・カラミティ』の動きを幾らも止めることはできなかった。

「エリーティア、逃げろ！　一度態勢を立て直すんだ！」

「こんなことで……私は……っ」

◆現在の状況◆

・『★ザ・カラミティ』が『ジャベリンディガー』を発動

槍のような形状に変化した腕を、『ザ・カラミティ』は石畳を耕すように突き刺しながらエリーティアに迫る――ブルドーザーのような猛進を前にしても、エリーティアは退こうとしない。

「――っ‼」

◆現在の状況◆

・『テレジア』が『アクセルダッシュ』を発動

・『テレジア』が『アクティブステルス』を発動

そのとき飛び出したのは――負傷しているはずのテレジア。彼女はエリーティアを横から突き飛ばし、自分もまた瞬時に加速して『ザ・カラミティ』の進行方向から逃れ、スーツの能力を同時に発動させて周囲の風景に溶け込む。

『ザ・カラミティ』は前方に何もいなくなっても構うことなく、建物に向かって突っ込んでいく――激突すればおそらく崩壊する。それは防がなくてはならない。

「わ、私もっ……やるときはやるんですからねっ……‼」

ミサキの位置からは『ザ・カラミティ』の突進に巻き込まれず、横から攻撃できる――。

（ミサキが装備しているのは『道化師の鬼札』……そうだ、あれは……！）

「お願い当たって、私のカード……！」

◆現在の状況◆

・『ミサキ』が『ジョーカーオブアイス』を発動　↓『★ザ・カラミティ』に怒り状態を付与　氷属性弱点に変化

ミサキが投げ放った金属製のカードが、一瞬青い光を放ったように見えた。

『虚《ホロウ》のルーン』を装着して、固有名称の武器になった『道化師の鬼札』。その特殊能力は――攻撃した相手を怒り状態にして、弱点を一つ付加する。

「――止まれぇぇぇぇっ！」

◆現在の状況◆

・『アリヒト』が『フォースシュート・フリーズ』を発動　↓『★ザ・カラミティ』に命中　弱点攻撃　凍結

「コォ……オォォォ……‼」

『ザ・カラミティ』の足が一瞬凍りつく――だがそれでも勢いを完全に殺しきれず、建物に激突して地面にまで振動が伝わる。

◆現在の状況◆

・『★ザ・カラミティ』が『スチームミスト』を発動　↓熱蒸気による範囲攻撃『★ザ・カラミ

ティ』の凍結解除時間が短縮　『スティングレイ』冷却時間延長
・『★ザ・カラミティ』が『絶対領域』を発動　→一定距離内の敵に先制攻撃

『ザ・カラミティ』が全身から熱蒸気を放出する。自力で氷を溶かすつもりだ――『スティングレイ』の冷却時間が短縮されるリスクは無くなったが、すぐに奴《やつ》は行動を再開するだろう。腕が凍ったわけでもなく、近づけば槍のような腕で確実に先制攻撃される。

（『支援回復』が発動するたびに『修道士のアンク』の効果で少し魔力が回復してるが……まだ体力を魔力に変換するところまではいってない。今、俺たちがすべきことは……）

「私が……私がやらなきゃ……っ」

「――エリーさんっ、私たちは全員でここに来たんです！　ここからも全員で行かないと、意味がないんです……だから……っ」

「……っ」

スズナの声が『ザ・カラミティ』に斬りかかろうとしたエリーティアに届く。

◆現在の状況◆
・『エリーティア』の『レッドアイ』が解除

発動している間に体力と魔力を消耗し続ける『レッドアイ』が解除される――赤く燃えるようだったエリーティアの瞳に、正気の光が戻る。だが『ベルセルク』が発動している以上、長く衝動を抑えることはできそうにない。

（氷属性の打撃もすぐに回復していく……もし『不滅なる高貴』の「徐々に回復」が、最大体力に応じて変化するとしたら……俺たちの持つ攻撃だけでは、倒しきれない）

「撤退」の文字が脳裏を過ぎる。『名前つき』を俺たちで倒せとは言われていない。

しかし退いている間に『ザ・カラミティ』は名前通りに、街に被害を与えるだろう。少しでも時間を稼ぐこと、それが俺たちに求められている役割だ――だが。

「――アトベ殿、西から増援が……このまま、東方向に進めとのことです！」

セラフィナさんのライセンスに指示が入る――その直後。西の方角から、巨大な槍のようなもの――衝角を備えた車が姿を現す。鎧を身に着けた巨馬が衝角を挟むように二頭で車を牽いており、その手綱《たづな》を握っているのはホスロウさんだった。傍らにはクーゼルカさんと、もう一人の姿がある。

軍帽と軍服のような装備を身にまとった、紫色の髪の女性――おそらくはギルドセイバーの隊員だろう。

「アトベ君、すまんっ……このまま奴を『回廊』の奥に誘導してくれ！　俺たちが後ろからこの衝角車で追い込む！」

「ホスロウ、彼らもかなり消耗しています。ここは私たちが……」

「残念ながら三等竜尉《さんとうりゅうい》殿、この衝角車では奴に跳躍して回避されればそれまでです。だが、今交戦状態にあった彼らなら、奴らを引きつけることができる……」

「クーゼルカ三等竜尉、『回廊』奥の設備を利用すれば、彼らが終点まで追い込まれることはありません。兵器を操作するタイミングは私にお任せください。そのために随伴したのですから」

「ナユタ殿……分かりました、くれぐれも頼みます。アトベ殿、聞こえますか！」

「はい、聞こえています！　ですが回廊というのは……っ」

『ザ・カラミティ』がホスロウさんたちに注意を向けている――これで『スティングレイ』を撃てる状態にあったらと思うと、全くぞっとしない。

「アトベ殿、この辺り一体の建造物が『回廊』を形成しています……この奥に敵を誘導すれば、街に備えられた特殊兵器の位置まで移動させられます！」

「――そういうことなら……！」

幾つか考えがある。敵を引きつけながら逃げることに適した仲間が『ザ・カラミティ』を誘導する――だが、あの攻撃と速度を目にしたあとでは、連続して回避する技能を持つ五十嵐さんや、前衛のメンバーだけに任せるという選択はできない。

（ならば、『全員で』逃げる……そうだ。俺たちは、前にも……）

『背反の甲蟲』と戦ったときのこと――俺は『殿軍《でんぐん》の将《しょう》』を使い、逃げるときのパーティの最後方にいるという位置関係から、自分の能力を強化することができた。

『これは逃走ではない、勝利への転進である。マスター、我が力は必要か』

アルフェッカの声が聞こえる――アルフェッカの速度なら、『ザ・カラミティ』に追いつかれずに『回廊』に誘導できる見込みはある。

しかし『スティングレイ』は光線のようなもので、その速度は逃げきれるようなものではない。見た限り追尾性能もあり、直線上を外れるだけでは避けられないだろう。

「セラフィナさん、もう一度力を貸してもらえますか。誘導しながら奴に攻撃される危険があります。そのときは……」

セラフィナさんは一も二もなく頷《うなず》く。俺は無茶なことを言っていると自覚していて、それを顔に出してしまっているだろう――それでも彼女に迷いはなかった。

「私の盾でよければ、何度でも使ってください。私はそのためにここにいるのですから」

俺は頷く。風景に溶け込んでいたテレジアが姿を現し、俺の傍らに現れる——彼女も、まだ戦うつもりだ。

「お兄ちゃん、私だけ逃げた方がいいなんて言わないですよね？」

「アリヒトさん、エリーさんは大丈夫です。私が傍についていますから」

エリーティアは何かを言える状態にはない——だが、その剣を仲間に向けるようなことはしない。

「よし……みんな、搭乗人数はオーバーしてるが、アルフェッカに乗り込んでくれ。俺とセラフィナさんはシオンに運んでもらって、その後を追いかける」

「っ……後部くん……」

「大丈夫です、五十嵐さん。もう時間がない……あの『名前つき』を倒して、このスタンピードを終わらせましょう」

『——我が秘神《ひしん》の名の元に、契約者を導く。我はアルフェッカ……銀の車輪《アリアンロッド》の化身なり』

アルフェッカが姿を現し、仲間たちが乗り込んで走り出す——『回廊』に向けて。

俺とセラフィナさんもまたシオンの背中に乗る。追ってくる『ザ・カラミティ』から皆を守るために後ろ向きに乗らなくてはならない——しかし、騎乗したあとすぐに不安定さを感じなくなり、ピッタリとバランスが取れるようになる。

◆現在の状況◆

・『セラフィナ』が『ライドオンウルフ』を発動

「『ライドオンウルフ』。護衛犬《ごえいけん》に騎乗したときに使えるようになる技能です」

「なるほど……シオン、ありがとう。これから全力で走ってくれるか」

「バウッ！」

「――お兄ちゃんっ、クーゼルカさんたちが追いついちゃいますよっ！」

「よし……みんな、行ってくれ！」

アルフェッカが走り出す――シオンも。俺の前にいるセラフィナさんは、『ザ・カラミティ』の脚を凍りつかせた氷が弾け飛ぶ瞬間、鋭く貫くような声を響かせた。

「『ザ・カラミティ』……こちらを見ろっ！」

◆現在の状況◆
・『★ザ・カラミティ』の凍結が解除
・『セラフィナ』が『プロヴォーク』を発動　→『★ザ・カラミティ』の『セラフィナ』への敵対度が上昇

「――コォォ……オォ……！」

『ザ・カラミティ』は槍のような腕を持ち上げ、猛然と追ってくる――その速度は全力疾走を始めたシオンに追いすがり、全く離れないほどのものだった。

◆現在の状況◆
・『★ザ・カラミティ』の攻撃　→『シオン』が回避

・『★ザ・カラミティ』の攻撃　↓『シオン』が回避

振り上げた槍のような腕を振り下ろすたび、シオンが全力で地面を蹴って回避する。石床が砕け飛び、再び距離を詰められ、執拗な追撃を受ける。

「――シオンちゃんっ！」

五十嵐さんが叫ぶ――俺は振り返り、シオンの進行方向をうかがって気がつく。『回廊』が直角に折れ曲がっている。

その角を曲がろうとすれば、失速は避けられない。その瞬間を捉えられると踏んだのか、『ザ・カラミティ』が攻撃の手を止める。

俺がダメージを受けていない状態では『士気解放』は使えない。『支援防御2』と盾を使って防ぐしかない――そう考えた瞬間だった。

『勇敢なる狼《おおかみ》よ。我と共に、この戦場を駆け抜けようぞ……！』

◆現在の状況◆

・『アルフェッカ』が『バニシングバースト』を発動　↓速度上昇　限界突破　『残影』を付加
・『シオン』が『群狼《ぐんろう》の追走』を発動　↓『アルフェッカ』の速度に追随して加速
・『キョウカ』の『群狼の構《かま》え』が相互効果を発動　↓『シオン』が加速

「アォォォーーーーンッ！」

シオンが高らかに吼える――グン、と体感できるほどの加速が生じて、『ザ・カラミティ』の槍を寸前のところでシオンは避けきり、直角に曲がってさらに加速する。

『ザ・カラミティ』の後方から追ってきている衝角車もまた、ほぼ直角のカーブを曲がり切って追ってくる――すでに挟撃の形になっているが、まだ先に進まなくてはならない。

「ま、また向こうが直角に曲がってますけど……これって、行き止まりになっちゃいませんか……っ⁉」

「――大丈夫です！　追ってきている衝角車に、迎撃兵器を操作できる方が乗り込んでいます……っ！」

このまま逃げきることができれば――だが、その考えが甘いことも分かってはいた。

◆現在の状況◆
・『★ザ・カラミティ』の『スティングレイ』が再発射可能

『ザ・カラミティ』の九本の尾に、再び光が集まり始める。

「アトベ殿……っ」

「セラフィナさん、必ずあれを防ぎます。もう一度、あの盾を使わせてください」

セラフィナさんが振り返り、こちらを窺う。彼女は何も言わず、俺の手を引くと、自分の構えた盾の持ち手に添えさせた。

「あなたが守りたいものが、私の守りたいものでもある。あなたは、そう思わせてくれる……！」

「コォォォ……ォォォォォォ……！」

高く響く、蠍《サソリ》の女王が放つ音――しかし、女王ならこちらにもいる。具現化したアルフェッカの姿は、茨の冠を戴いた女王なのだから。

二　迎撃兵器

もう一度直角に角を曲がる――ミサキの言う通り、このままでは建物の壁に突き当たる。つまり、その場所に迎撃兵器が備えられているはずだ。

『我が背中を、マスターに託す』

『さあ、もう一度……あの最強の盾を、我らが秘神《ひしん》とともに……！』

眩い光が『ザ・カラミティ』の九本の尾から放たれる。その瞬間、俺はあの迷宮の『聖域』で、祈るような少女の姿を見た。

「受けてみせる……！」

『ザ・カラミティ』が狙《ねら》っているのは、アルフェッカでもセラフィナさんでもない。

紛れもなく、俺――俺を倒すべき敵と見なし、九本の尾が向かう殺気の全《すべ》てを浴びる。

◆現在の状況◆

・『アリヒト』が『殿軍《でんぐん》の将《しよう》』を発動　↓パーティの人数分ステータスが上昇

・『★ザ・カラミティ』が『スティングレイ』を発動　↓対象：全弾『アリヒト』

空に、中空に、横から回り込むように。九本の尾は逃れようもなく俺を狙う。

『――契約者よ。その無謀を諫め、私は……その勇気を、誇りに思う』

仲間たちが願ってくれているのが分かる。俺たちの無事を――その思いが、俺とセラフィナさんが作る『盾』を強くする。

「うぉぉぉぉぉっ！」

◆現在の状況◆

・『アリヒト』が『アリアドネ』に一時支援要請　↓対象：『アリヒト』

・『アリアドネ』が『ガードヴァリアント』を発動

・『セラフィナ』が『ディフェンスフォース』を発動

・『セラフィナ』が『オーラシールド』を発動

・『アリヒト』が『支援防御2』を発動　↓支援内容：『ディフェンスフォース』『オーラシールド』

・『殿軍《でんぐん》の将《しょう》』により『オーラシールド』が強化　↓　『オーラスクトゥム』に変化

『殿軍の将』を発動した状態でセラフィナさんと共に盾を構え、彼女の技能の力を借りる。

そうして展開された『支援防御2』による不可視の防壁に、『ザ・カラミティ』の放った光弾が衝突する――そして。

◆現在の状況◆

・『アリヒト』『セラフィナ』が『スティングレイ』を九段反射

・『オーラスクトゥム』による反射威力強化

九発の光弾は『支援防御2』によって作られた防壁を破ることはできずに弾き返され――猛進する『ザ・カラミティ』に撃ち込まれた。

「――ギォォォォッ……ォォ……!!」

堅牢な甲殻が、自らの放った光弾よりも威力を増した反射弾によって貫通される――『ザ・カラミティ』はそのとき初めて明確に速度を緩めた。

「――二人とも、衝撃に備えてくださいっ！」

クーゼルカさんの声とともに、巨馬の引く衝角車が『ザ・カラミティ』に激突する――巨馬の体当たりを受けてもまだ踏みとどまっていた『ザ・カラミティ』がさらに衝撃を受け、ズズ、と前のめりに進む――その瞬間だった。

「今ですっ……！　クーゼルカ殿！」

「――ホスロウッ！」

「了解です、三等竜尉《さんとうりゅうい》……っ！」

ホスロウさんが文字通り、クーゼルカさんを『投げた』――同時に跳躍したクーゼルカさんは目にも留まらぬ速度で、『ザ・カラミティ』の右側面の建物に飛びつき、三階ほどの高さの位置に設置されたレバーに手をかける。

「――落ちなさいっ！」

◆現在の状況◆

・『★ザ・カラミティ』が落とし穴に落下

俺たちが通った時は何事もなかった場所の床が『ザ・カラミティ』が乗ったところで一気に崩れ落ちる——そして。

「——放てっ！」

◆現在の状況◆

・『ナユタ』が『リリーストラップ』を発動　→『対魔獣縛鎖砲』を発射

・『★ザ・カラミティ』に六段命中　鎖による『拘束』未達

「コォォォ……ォォォッ……‼」

「——駄目だ、あれじゃ足りてねえ！　ナユタ君、もう一方の兵器を……！」

「っ……『リリーストラップ』は一人で連続使用することは……」

「できねえってのか……このままじゃ奴《やつ》が動き出すぞ……！」

◆現在の状況◆

・『★ザ・カラミティ』が『ホーミングニードル』を発動　→対象：『クーゼルカ』

・『クーゼルカ』が『シャドウステップ』を発動

・『ホーミングニードル』を『クーゼルカ』が回避　『★ザ・カラミティ』が幻惑に抵抗

「くっ……！」

左の側壁にも兵器は備えられている――それを発射するために移動しようとしたクーゼルカさんを、落とし穴の中から『ザ・カラミティ』が牽制する。

（俺の仲間で、あの高さまで瞬時に移動できるのはエリーティアとシオン……いや、違う。必ずしも移動する必要は……）

ナユタさんとクーゼルカさんの技能を、俺はどこかで見たことがある。

――そう。両方とも、テレジアが使うことができる技能だ。レベルの高いギルドセイバー隊員でも、テレジアが現時点で習得する技能を有効に使っている。

そして俺が何も言わないうちに、テレジアはアルフェッカから降り、『ザ・カラミティ』の左側面の壁を見上げていた。傷ついた姿で、それでも自分の足で立って。

（いつでもそうだった。テレジアはどんな敵を前にしても逃げなかった……皆もそうだ。だから俺たちは、前に進めてるんだ……！）

ナユタさんが『リリーストラップ』を使ったことを、テレジアも理解していた。俺が何も言わなくても、ライセンスを見なくても。

彼女とこの迷宮国で最初にパーティを組んだことを、誇りに思う。

「――テレジア」

◆現在の状況◆
・『アリヒト』が『バックスタンド』を発動　→対象：『テレジア』

「『支援』するっ！」

「……っ！」

◆現在の状況◆
・『テレジア』が『リリーストラップ』を発動　↓『対魔獣縛鎖砲』を発射
・『アリヒト』が『支援攻撃2』を発動　↓支援内容：『天地刃』　魔力不足
・『★修道士のアンク』の効果が発動　↓体力を魔力に変換

「――止まれぇぇぇぇぇぇっ！」

テレジアの技能が『回廊』に仕掛けられた兵器を発動させる。鎖を繋がれた巨大な槍が次々と発射され、『ザ・カラミティ』に降り注いだ。

『マスターの命を削りきることはできない。だが「星機剣《せいきけん》」の刃、甘く見るな……！』

◆現在の状況◆
・『★ザ・カラミティ』に六段命中　鎖によって『拘束』　装甲一段階破壊　『天地刃』が6回発生

ムラクモの声が聞こえ、槍が六連で『ザ・カラミティ』に突き刺さったあと、追い打ちの『天地刃』が叩き込まれる。

「ギォォォッッ……オォォ……‼」

声が変わる――『ザ・カラミティ』に確実に打撃を与えられている。あれほど堅牢だった装甲に、鎖の槍と『天地刃』の六連撃を受けた箇所だけ亀裂が入る。

「――アトベ殿っ！」

クーゼルカさんが俺を呼ぶ――こんなときにまで、彼女はどこまでも律儀だ。

「……っ」

「大丈夫だ……最後の切り札なら、ある……アリアドネ……ッ！」

◆現在の状況◆

・『アリアドネ』が『アリヒト』の信仰値を魔力に変換

「――はぁぁぁぁぁぁっ!!」

エリーティア、五十嵐さんが飛び出していく――そしてメリッサも。

完全な拘束状態にある『ザ・カラミティ』は、最後の抵抗を試みる――だが『スティングレイ』を発射したばかりの九つの尾に、魔力の輝きが宿ることはなかった。

「『支援連携《チェインサポート》』……『挟撃連携《ツインファイア》』！」

◆現在の状況◆

・『アリヒト』が『アザーアシスト』を発動

・『アリヒト』が『支援連携1』『支援攻撃2』を発動　→支援内容：『フォースシュート・フリーズ』

・『キョウカ』が『ダブルアタック』を発動　→『★ザ・カラミティ』に二段命中　連携技一段

目
・『クーゼルカ』が『ソードレイン』を発動　→『★ザ・カラミティ』に十二段命中　連携技二段目
・『ナユタ』が『ダンシングウィップ』を発動　→『★ザ・カラミティ』に八段命中　連携技三段目
・『メリッサ』が『包丁捌き』を発動　→部位破壊確率が上昇
・『メリッサ』が『切り落とし』を発動　→『★ザ・カラミティ』が素材をドロップ　連携技四段目
・『闘鬼の小手』の効果が発動　→『駄目押し』の追加打撃

「ギォ……オォォ……‼」

間髪を容れずに降り注ぐ攻撃──その最後を担うのは。

赤く瞳《ひとみ》を輝かせながら、緋色の剣を振りかざすエリーティア──俺たちの中で最強の攻撃役《アタッカー》だ。

「──凍《い》てつく氷の花。『ブロッサムブレード』……！」

◆現在の状況◆
・『エリーティア』が『レッドアイ』を発動　→攻撃力・運動能力上昇　魔力減少開始
・『エリーティア』が『ブロッサムブレード』を発動
・『スカーレットダンス』の効果により攻撃力上昇　防御力低下
・『★ザ・カラミティ』に二十四段命中　連携技五段目

・『エリーティア』の追加攻撃が発動　↓『★ザ・カラミティ』に六段命中
・連携技『斬花乱舞《ざんからんぶ》・五月雨《さみだれ》』↓『★ザ・カラミティ』の部位破壊箇所が追加
・『支援攻撃2』の限界突破『フォースシュート・フリーズ』が54回発生　弱点攻撃

エリーティアが花弁のように斬撃を降り注がせる――『ザ・カラミティ』の装甲に亀裂が入ったことで氷結属性が効果を及ぼし、辺りの空気が一気に冷却される。

「……コォ……ォ……」

『ザ・カラミティ』は凍てつきながらも足掻いていたが、やがて巨大な氷塊の中に閉じ込められ、完全に動くことができなくなった。

◆現在の状況◆
・『★ザ・カラミティ』の凍結が三段階進行『氷牢』状態に変化
・『★ザ・カラミティ』が『氷牢』状態により戦闘不能　↓『★ザ・カラミティ』を1体討伐
・『★ザ・カラミティ』の統率下にある『デスストーカー』が戦意喪失

遠くから聞こえていた交戦する人々の声や破壊音がピタリと止まる。

「…………」

テレジアが俺を振り返る――後ろに控えている間に『支援回復』が働き、彼女の傷は先ほどよりも回復していた。

「ああ……勝ったんだ。俺たちが……」

「――お兄ちゃんっ……もう、もう駄目かと思いましたぁぁぁっ……！」

真っ先に飛びついてきたのはミサキだった――彼女が『道化師の鬼札』の力を使ってくれたからこそ、『ザ・カラミティ』を倒すための突破口が生まれたのは間違いない。横から思い切り抱きつかれても、今回ばかりは甘んじて受け止めさせてもらう。

◆現在の状況◆
・戦闘終了により『エリーティア』の『ベルセルク』『レッドアイ』が解除
・『エリーティア』の能力が一時的に低下

「……っ」

「エリーさんっ……！」

「……お疲れ様。やっぱりエリーティアは頼りになる」

バランスを崩して倒れそうになったエリーティアを、五十嵐さんとメリッサが駆け寄って支える。

「……こんなに……皆……傷ついて……」

「エリーさん……？」

エリーティアの様子を案じて、スズナが近づこうとする。その前に、テレジアが自分からエリーティアの前までやってきた。

「……テレジア……」

「…………」

テレジアはエリーティアの肩をぽんぽんと叩《たた》く。

エリーティアは震える手でテレジアの手を取ると、ぎゅっと握って――そして言った。

「あなたは……私なんかより、ずっと強い。いつだって、アリヒトの傍で、彼を、皆を守って……」

テレジアは何も言わない。マスクから覗いている口元だけでは、どんな感情も汲み取ることはできない。

しかし、エリーティアのことを想《おも》っている。それを示すように、テレジアはエリーティアの手を両手で握り返す。

「っ……く……うぅ………」

握った手に顔を埋めるようにして、エリーティアが泣く。

勝つことはできた――誰《だれ》も欠けることなく。だが、傷を負わずに戦いを終えることはできなかった。

六番区を飛ばして五番区に来た。ギルドセイバーの協力を得て街に備えられた兵器を使い、敵の動きを止めてようやく倒せた――しかし落とし穴は『ザ・カラミティ』を落としたことで二度は使えない状態になり、『回廊』の壁も床も破壊されている。

「お兄ちゃん、箱が落ちてますっ！」

凍結させた状態でも討伐したことに変わりはないということか。落とし穴の近くに、黒い箱が落ちていた――ミサキはそれを拾ってきてくれる。

「大きな収穫だが、今回は俺たちだけで倒したわけじゃないからな。クーゼルカさんたちと話してどうするかを決めよう」

「了解でーす。あっ、ちょうどこっちに来てくれるみたいですね」

衝角車からホスロウさんが降り、クーゼルカさんともう一人――ライセンスを見るとナユタさんと言うらしい――もこちらにやってくる。

「アトベ殿、私たちは残りの『デスストーカー』の討伐に向かいます。貴方がたは大きな役目を果たしました。しかし消耗も非常に大きいはずです」

「私は五番区のギルドセイバー部隊に所属しています、三等竜尉《さんとうりゆうい》のナユタ＝ホウジョウと申します。私が交戦を避けて安全な場所へと誘導いたします」

「はい、よろしくお願いします。最後まで鎮圧に参加したいですが、確かにかなり消耗しているので……」

ナユタさんは挨拶をしたあと、テレジアを見やる。自分と同じ技能を使ったことに、やはり気がついているのだろう。

「私だけでは兵器を二つ同時に起動することはできなかった……彼女が力を貸してくれなければ、『ザ・カラミティ』を止められませんでした。心より感謝します」

「そう言ってもらえるとテレジアも喜ぶと思います。とても勇敢な、俺の自慢の仲間です」

ナユタさんは頷《うなず》き、俺に右手を差し出してくる。握手をすると、彼女はたおやかに微笑《ほほえ》む――俺より年下のように見えるのだが、随分落ち着いた女性だ。

「……エリーティア殿。あなたの武器は、然《しか》るべき条件を揃えて扱うべきものです。今のあなたはまだ、剣の力に追従しているのがやっとのはず……それでもあの攻撃力を出すことができるのは、まれに見る剣才ですが」

「……それでも……私には、この剣しか……」

「エリーさんは大丈夫です。この剣で、私達をずっと守ってくれた……恐ろしい武器かもしれませんが、しっかり扱えています……！」

剣に追従しているだけ――俺も、そんなふうに思ってはいない。スズナも同じことを考え、クーゼルカさんに言ってくれた。

クーゼルカさんは自分の剣の柄に手を添え、何かを考えたようだったが――エリーティアに頭を下げ、そして言った。

「一方的な判断で、忠告のようなことをしてしまいました。あなた方は、今までもこうやって戦いに勝ってここまで来た。『ザ・カラミティ』討伐についても、あなた方の功績によるものです」

「この『名前つき』は完全に凍りついてる……溶けていきなり動き出すってこともないが、どうする？　『氷牢』って状態異常なら、放っておいても溶けることはないはずだが」

「迎撃兵器を使いましたし、俺たちの力だけで討伐したわけじゃありません。この黒い箱もそうですが、どう分配するか相談させてもらえますか」

凍りついた『ザ・カラミティ』も、素材として大きな収穫だ。もちろん黒い箱も――そう思ったのだが、クーゼルカさんは首を振った。

そして彼女は、滅多に見せることのない微笑みを見せる。こんな柔らかい表情をする人なのだとは思わなかった――ほんの一瞬のことで、すぐいつもの怜悧な眼差《まなざ》しに戻ってしまったが。

「五番区に来て数時間でこれだけの戦果を挙げたのです。『奨励探索者《しょうれいたんさくしゃ》』の中でも、こんな前例は今までにないはず。胸を張り、誇ってください。私も僭越ながら、そのような気持ちでいます」

「黒い箱を久しぶりに見て胸が躍る気持ちはあるが、そいつはアトベ君たちが持つべきだ。素材も遠慮なく持って行ってくれ」

「……それなら、もらっておく。貯蔵庫が一匹でいっぱいになりそう」

メリッサが俺を見る――クーゼルカさんが頷き、ホスロウさんも親指を立てているので、遠慮はいらないということらしい。俺が頷くと、メリッサは凍結した『ザ・カラミティ』に貯蔵庫の鍵を触れさせて転送した。

「『ザ・カラミティ』を撃破したことで全《すべ》ての『デスストーカー』が弱体化したのであれば、他の者が討伐してもアトベ殿のパーティに貢献度が一定値加算されます。戦闘後の評価に算定されますので、それはご承知おきください……では。行きますよ、ホスロウ」

「了解。アトベ君、いつか酒でも一杯やろう。君とは腹を割って話してみたい」

ホスロウさんはそう言ってクーゼルカさんとともに衝角車に乗り込むと、その場で車体を回転させて方向転換し、入ってきた道を出ていった。

『マスター、安全な場所まで皆を運ぼう。勇敢なる狼《おおかみ》よ、まだ仲間を運ぶ力はあるか』

「バウッ」

「さっきはよく俺たちを乗せて走ってくれた。本当に助かったよ、シオン」

近づくと、シオンは自分からお座りをする――五十嵐さんもやってきてその毛並みを撫でる。帰り道は、シオンには五十嵐さんとセラフィナさんを運んでもらうのが良さそうだ――もしもの時に、セラフィナさんの盾があれば魔物の攻撃を防ぐこともできる。

「では、アトベ殿……ライセンスの地図に私の位置が表示されるようにします。先導を行いますので後に続いてください。はっ！」

◆現在の状況◆

・『ナユタ』が『ロープアクション』を発動

ナユタさんは腰に着けていた鉤爪つきのロープを投擲《とうてき》し、跳躍する――何度もロープを投げ放って跳んでいくその姿は、まるでサーカスの空中曲芸師のようだ。

「鞭を使ってたのでそういう系の人かなと思っちゃいましたけど、サーカス系の職業の人だった……っていうことですか？」

「サーカスで鞭……そうね、ライオンのショーでは鞭を使うものね」

「ナユタ殿とは以前お会いしたことがありますが、転生前はサーカス団にいたとのことです。ミサキ殿のご推察の通りですね」

話しながら、俺たちも移動を始める。テレジアは俺の膝の上に自分から乗ってきた――『支援回復』が必要だからということで間違いではないのだが、防具が壊れている今は少し落ち着かないものがある。スーツが破損して、肩が大きく出てしまっている状態だ。

「…………」

そんな状態でテレジアが無造作に振り返ろうとする。彼女のボディスーツ『ハイドアンドシーク』が修理できるのかどうかも心配だが――と思考をそらさなければいけないほど、見てはいけない部分が見えそうになっている。

「あ、あまり動かない方がいい。そうだ、ちょっと暑いかもしれないが……」

ジャケットを脱いでテレジアに羽織らせる。この手があったのだから、もっと早くにそうしておくべきだった。

「…………」

「ふふっ……テレジアさん、後部くんのジャケットだとやっぱり大きいわね」

「キョウカお姉さんも装備が大胆なので、できればジャケットをかけてもらいたいですよねー」

「そ、そんなこと……今さら恥ずかしがっても仕方ないというか……」

「アリヒトさん、テレジアさんの服は修繕できるんでしょうか？」

スズナが心配そうに聞いてくる。五番区の職人に頼むか、それとも——と考えていると、アルフェッカが走り始める中で、ギルドセイバーの拠点に残っているマドカが、ライセンスを使ってメッセージを送ってきた。

『アリヒトお兄さん、ギルドセイバーの方が連絡をくれて、皆さんの無事を知らせてくれました。本当に、安心しました。テレジアさんが怪我《けが》をされてしまったそうですが、大丈夫でしょうか』

移動中にクーゼルカさんが連絡をしてくれたということか。その配慮に感謝しながら、俺は次のメッセージを開く。

『このたび戦果を挙げたことで、五番区にしばらく滞在できることになりました。この許可が下りると、他の区から職人さんを呼ぶことができるそうです』

そういうことなら、セレスさんとシュタイナーさんに来てもらおう——可能なら、スーツが完成したところで、ブティック・コルレオーネのルカさんに来てもらうこともできるだろうか。箱に関してはファルマさんにお願いしたいが、お子さんのこともあるので可能ならばということになるか。

それよりも、何よりも。五番区に滞在する許可が下りたということは。

「エリーティア、後で改めて話そう。君の友人を、助けに行けるときが来た」

「……ええ。でも、今は……皆、ゆっくり休んで。テレジア、本当に……」

「…………」

仲間を奪われ、所属していた旅団を離れ——『死の剣《デスソード》』と呼ばれて。

エリーティアはそれでも諦《あきら》めず、仲間を――ルウリィという人を助けようとして。俺たちと一緒に、ここまで辿り着いた。

それでも彼女は喜んではいない。まだ、五番区の迷宮に挑む許可が俺たちに与えられたのかも分からない――迷宮には星という形で等級がつけられていて、俺たちはまだ三つ星までしか探索することができない。

「『名前つき』を倒したんだもの……きっと、五番区の迷宮に入ることだってできるはず。エリーさんの友達を絶対に連れ戻しましょう」

「ありがとう、キョウカ」

エリーティアの気持ちは変わっていない。しかし、揺らいでいるのは見れば分かる。

かつて仲間を失った時の記憶。『ザ・カラミティ』との互いを削り合うような戦い――それらが、今になって迷いの種になっているのなら。

少しでもエリーティアの心を落ち着かせてやりたい。そう思っても、どこか遠くを見ているような彼女に、かけられる言葉が見つからなかった。

第五章　猿侯《えんこう》の悪意

一　白夜《びゃくや》旅団《りょだん》副団長

ナユタさんに先導されて医療所に向かい、皆が治療を受けている間にスタンピード鎮圧の知らせが届いた。

ロビーにいた俺たちは、報告に来てくれたアデリーヌさんを出迎える。彼女は後方支援で『デスストーカー』の掃討に参加していたとのことだった。

「セラフィナ隊長、改めてご報告します！　五つ星迷宮『凪の砂海《さかい》』におけるスタンピードは鎮圧されました！　最高功績者は、もちろんアト……ッ」

「ア、アデリーヌさん。あまり大きな声では……皆で力を合わせて鎮圧できたんですから」

「っ……す、すみません、あんまり嬉しいお知らせだったので、私……」

「アデリーヌ、クーゼルカ三等竜尉《さんとうりゅうい》殿とホスロウ殿はどうされている？」

「今は五番区のギルドセイバー本隊と、掃討後の見回りをされています。戻るには時間がかかりますので、私が皆さんを宿舎に案内するよう指示を受けました。『奨励探索者《しょうれいたんさくしゃ》』の方々向けの、独立型のお部屋になりますがよろしいですか？」

「はい、とても助かります。仲間が手当てを受けているので、その後に案内していただけますか」

テレジアとエリーティアは怪我《けが》の治療を受けているが、幸い傷は残らなかった。スズナも魔力の回復をしてもらって、気分がかなり良くなったとのことだ。

「アトベさんたちが『名前つき』を倒したあと、『デスストーカー』の反撃が弱まって、五番区の探索者さんたちも掃討に参加してくれたんです。最終的には、延べ五百人が参戦することになりました。まあ、迷宮に潜らなくても一発でも攻撃をすれば貢献度を維持できるという動機も無きにしもあらずなんですけどね」

「なるほど……しかしあの魔物ですから、五番区まで来た人たちでもなかなか手が出せないのは分かります」

「『凪の砂海』は砂に潜った『デスストーカー』に奇襲されることが多くて危険な迷宮とされているんです。五番区にいても、初めて姿を見たような人もいるでしょうね。長く五番区にいれば、スタンピードの発生時に嫌でも目にすることになるんですが」

迷宮国においては、スタンピードの脅威をある程度受け入れて暮らさなくてはならない。誰《だれ》もが戦わなければならないわけじゃないが、自衛の手段があるに越したことはないだろう。

支援者として活動してくれている人たちは、レベルの維持や戦闘の勘を維持することが難しくなる。ならば、可能な限り探索者が鎮圧に参加すべきだろう――それも、他者に強制はできないことだが。俺たちも無理のない範囲で参加するという方針でいくべきだろう。

「それにしても……『スタンピード』鎮圧の最高戦果を、『奨励探索者』の方が出しちゃうなんて、本当に前代未聞ですよ。五番区のギルドセイバー本部も騒然としてるはずです」

「そ、そうなんですか……」

「あ……安心してください、急にギルドセイバーから頼られて危険な任務が増えるとか、そういうことはありませんから。あくまで、探索者の方の本分は、自分たちの思うままに迷宮を探索することですし」

「ありがとうございます、アデリーヌさん」

「いいえ、こちらこそ……では、皆さんの治療が終わるまで、私は宿泊先との調整をしておきます。アトベさんのパーティは全員で九名でよろしいですか？」

セラフィナさんは特命を受けてパーティに参加しているので、現時点の正式な人数は九人、ルイーザさんを含めると十人ということになる——と、そこに丁度マドカがセレスさんとシュタイナーさんを連れて来てくれた。

「アリヒト、無事で何よりじゃ……と言っても、テレジアが心配じゃのう。装備が壊れるほどの攻撃を受けるとは」

『我輩は鎧の身体《からだ》だから、できるなら代わってあげたいよ』

「何を言っておるか、お主のリビングアーマーの中身は……まあよい、それよりもわしらは職人としての本分を果たすべきじゃ。貸し工房は使えるのかの？」

「はい、宿舎の近くにある工房に空きがあります。アトベさん、五番区滞在中はどうされるんですか？」

「俺たちは、できれば行きたい迷宮があるんです。そのために今回の要請を受けた部分もありますから」

「早速、五番区の迷宮を攻略されると……す、すみません、飛び級ですぐに許可が下りるのかどうか、私も規則に詳しくなくて……」

それについてはルイーザさんにも確認を取る必要があるだろう。事情を考えれば、許可を取るなんて悠長なことは言っていられないし、態勢が整い次第『赫灼《かくしゃく》たる猿侯《えんこう》』のいる迷宮に入りたいところだ。

だが、もし条件を満たさなければ入れないなら、堂々と規則を破ると言うのは自重するべきだろう。エリーティアの気持ちを考えると、一刻も早くという思いもある――ジレンマだが、ようやくここまで来たからこそ冷静にならなくてはいけない。

話しているうちに、治療を終えたテレジアとエリーティア、スズナが出てきた――付き添いをしていた五十嵐さんとミサキ、メリッサも一緒だ。

「テレジア、傷は大丈夫か?」

「………」

「そうか……良かった。装備品もセレスさんたちに直してもらうからな」

テレジアはこくりと頷《うなず》くと、羽織っているジャケットに触れる。返してくれるということだろうか――と思って見ていると。

「………」

「ん? テレジア……?」

テレジアはじっと俺を見ている。まだ貸しておいてほしいということなら構わないのだが、五番区は少し肌寒い――だからこそテレジアに貸すべきか。しかし俺のジャケットでいいんだろうか、羽織れるものを街で買うべきか。

「……後部くん、しばらくテレジアさんに貸しておいてあげたら?」

「あ、やっぱりそうです? お兄ちゃん、テレジアさんの乙女心が分かってない感じです?」

「ミ、ミサキちゃん、そうやって囃《はや》し立てるようなことは……テレジアさんも恥ずかしいと思うから……」

「……テレジアのことがだんだん分かるようになってきた。何も言わなくても、目に見えるものは嘘《うそ》をつかない」

「……っ」

確かに蜥蜴《トカゲ》のマスクが赤くなっているが──と考えてやっと気がついた。テレジアはジャケットを返さなくてはいけないと思っているが、まだ持っていたいということだろうか。肌寒いというのもあるが、この場合は──いや、考えると照れくさくなる。

「テレジア、ジャケットなら気にしなくても……」

「っ……」

「だ、大丈夫だ、落ち着いて……宿舎で返してくれればいいからな」

「…………」

テレジアはこくりと頷く。ミサキの言う通り、俺も色々と察する能力が足りないようだ。

そのとき、治療を受けてロビーに出てきた他の探索者が姿を見せる。白を基調とした外套を身に着けた集団──亜麻色の髪を三つ編みにした女性が、彼らを統率しているようだ。

「っ……」

「エリーさん、どうしましたか？　知り合い……ですか？」

エリーティアは白い外套の集団を見て、目を見開いていた。そして俺は察する──彼らが『白夜《びゃくや》旅団《りょだん》』なのだと。

総勢で十四人──二パーティ分ほどの人数がいる。一見しただけでは、エリーティアのように呪《のろ》いの武器を持っているメンバーがいるのかは分からない。

「エリーティア……彼らが『白夜旅団』なのか？」

「……ええ。あれは第二パーティと、第三パーティ……スタンピードの鎮圧に、きっと彼らも参加していたのよ」

「そういう活動にも参加するのね……少し、考えていたイメージとは違うわね。あまり先入観を持つのも良くないけど」

「あの第二パーティのリーダー……アニエスという女性は、団長とは違う理念で動いているから」

『白夜旅団』の団長――エリーティアの兄。『旅団』のメンバーがここにいるということは、彼もおそらくこの五番区にいる。

旅団の第一パーティは、スタンピードの鎮圧には参加しなかった。戦いに加わる必要性を感じなかったのか、街の防衛に手出しをしない主義なのか。事情は分からないが、五十嵐さんの言う通り、『旅団』の一部がさっきの鎮圧に加わっていたというのは意外に感じた。

「……行きましょう」

『旅団』に対してここはどうするべきか、それを尋ねる前にエリーティアが言う。やはり、思い詰めていることを隠せない力ない声だった。

「あ、ああ……分かった。みんな、移動できるか？」

「あっ、お兄ちゃん……スズちゃんがまだ少し消耗してて……」

「大丈夫、ミサキちゃん。心配しないで、もう……あっ……」

『角笛』と『停滞石《ていたいせき》』――この組み合わせは強力だったが、魔力の消耗があまりに激しすぎた。一度魔力が枯渇してしまうと、数値上は回復できてもやはり本格的な休息が必要になるようだ。

俺はふらついたスズナを支える。スズナは一瞬意識を失ってしまっていたが、すぐに意識を取り戻し、俺の顔を見て困ったように頬《ほお》を染める。

「す、すみません……私、アリヒトさんに迷惑ばかり……」

「俺こそ、あれほど魔力を使うなら無茶をさせるべきじゃなかった。『角笛』と『停滞石《ていたいせき》』の組み合わせは、もう少し強くなってから使うことにしよう」

「はい……でも、必要だと感じた時は使わせてください」

スズナは『角笛』を吹いたあと、魔力があまり回復していない状態で『皆中《かいちゅう》』を使っている。彼女は言葉通りに、必要であれば消耗の大きい技能を躊躇いなく使うだろう——ならば、俺が考えるべきは、魔力の最大量を上げるか、あるいは消耗を軽減する方法だ。

「バウッ」

「シオンちゃん……すみません、シオンちゃんも頑張って戦って、疲れているのに……」

ロビーの片隅で行儀よく待っていたシオンがこちらにやってきて、スズナを背に乗せてくれる。シオンはスズナを労るように、ゆっくりと揺れないように歩く——本当に優しい性格だ。

エリーティアはそれを見て微笑《ほほえ》む。スズナのことを案じているが、囚《とら》われている親友のことが心を占めているのだろう。

『ザ・カラミティ』に勝てたのなら、『赫灼《かくしゃく》たる猿侯《えんこう》』と戦うことも無謀ではないと思いたい——だが、『猿侯』が『ザ・カラミティ』を上回る強さを持っていることは、エリーティアの様子を見れば明らかだ。

考えているうちに、俺たちは『旅団』の近くを通り過ぎる。そのメンバーの何人かが、エリーティアの姿を見て驚く様子を見せた。

「おいおい、こんな早さで戻ってきたのかよ。そいつらは使える連中なのか？　適当に集めた有象無象じゃ話にならねえぞ」

「ソウガ、彼らも五番区に来る資格を得ているのよ。私たちの方が上だと驕るべきではないわ」

「あ、ああ、悪い……アニエスさん。だが、エリーティアがここに戻ってきてるってことは、団長に……」

「団長には私から報告しておくわ。エリーティア……」

アニエスと呼ばれた女性は、エリーティアに声をかける。エリーティアは足を止め、小さく頭を下げただけで、そのまま歩いていく。

仲間たちもエリーティアを一人にしないようにと、アデリーヌさんに案内されて医療所を出ていく。最後に残った俺にも『旅団』のメンバーは関心を示していた。

「エリーティアが、昔あなた方のグループで活動していたというのは聞きました。なぜ彼女が『旅団』を抜けたのかということも」

「……そう。エリーはやはり、ルウリィを助けようとしているのね」

俺に対してエリーティアのことを『エリー』と呼ぶのは、彼女の心の揺らぎを感じさせた。『旅団』のメンバーが、エリーティアのことを全く考えていないわけではない。アニエスという人は、明らかにエリーティアのことを気にかけている――それをポーズだと考えるのは、さすがに穿ち過ぎだろう。

「私もルウリィを見捨てた一人である以上、何も意見する資格はないわ。あなたも、私たちを軽蔑しているでしょう」

互いの立場を明確にしなければ、交わせる言葉は限られる。俺も、エリーティアのいないところであまり彼らと話すべきではないと分かっている。

それでも一つだけ言っておきたかった。俺たちが今、何のためにここにいるのかを。

「俺は……いや。俺たちは、エリーティアの話を聞いて、彼女の親友を助けたいと思った。それだけです」

「……本当に……そのために、あの迷宮に行くというの？　ギルドセイバーでも『猿侯』は放置しておくことが得策と言っている。討伐を推奨されない魔物なのに」

「あなたたちも、目的があって『猿侯』のいる迷宮に挑んだはずです。そうして得たものに、仲間を置いていくほどの価値があったのかは分からない。ただ、俺達は『旅団』とは違う判断をした……エリーティアが信じるなら、俺たちも信じる。時間が経《た》ってしまっても、ルウリィがまだ生きていてくれると」

「……どんな楽天家なら、そんな希望的観測だけでここまで来られるんだ。言っておくが、『猿侯』は五番区の中でも誰《だれ》もが通り過ぎるだけの魔物だ。奴らに手を出すのは、それこそ相応の動機がある人間に限られる」

ソウガと呼ばれた三白眼の男は、こちらを睨みながら言う。背中に背負った戦斧、鍛え上げられた筋肉質の身体《からだ》――熟練の戦士だろう彼でも、『猿侯』の相手をするべきではないと言う。

「……『猿侯』の何が厄介なのか。それを聞かせてもらっても？」

俺が尋ねると、ソウガは何か言おうとするが、アニエスに制される。

「『赫灼《かくしゃく》たる猿侯《えんこう》』……『魔猿侯』とも呼ばれる、五番区の『名前つき』でも最強であり、最も長く生存しているとされる魔物。『炎天の紅楼』という迷宮の二層以降に、自分の眷属と共に砦を作っている。迷宮の中に、自分の領土を持っている……その性質は、魔物の中でも特筆に値する。いわば、『魔王』のようなものですから」

魔王――それほどの魔物なのか。今までとは次元が違うと、彼女はそう言っている。

「……お前らじゃ『猿侯』には勝てねえ。行ってもまた仲間を失うだけだ。それでも行くってのなら、止めはしねえがよ」

短髪の髪を逆立てて金と黒に染め、ピアスをつけたソウガの容姿――第一印象では攻撃的な性格なのかと思ったが、それだけでもないようだ。

だが、彼にとっては忠告をしているつもりであっても、結果が決まっているような言い方は受け入れられない。俺たちは信じてここに来た――ルウリィがまだ生きていて、彼女を救うことができると。

「ここで話を聞けて、少し安心しました。俺は『旅団』のほとんどが、必要があれば仲間を切り捨てることで意見が一致していると思っていた。そこまでして何かを求めようとする集団とは、いつかぶつかることになるんじゃないかと……今までも、競い合うようなことはありましたから」

「簡単に絆《ほだ》されてんじゃねえよ。俺たちには俺たちの目的があって、必要があれば自分が切り捨てられてもいいと思ってここにいる。『あいつ』のことも忘れちゃいねえが、エリーティアを見なければもうすぐ忘れるところだった。その程度のもんだ」

「ソウガ、感情的になりすぎているわよ。ごめんなさい、彼に代わって謝ります。聞くのが遅れてしまったけれど、あなたの名前は……」

「俺はアトベです。アリヒト＝アトベ」

「アリヒト＝アトベ……私は『白夜旅団《びゃくやりょだん》』の副団長、アニエス＝フィーエよ。私たちは近いうちに次の区に移るけれど、その前に一度、エリーティアと……」

エリーティアと話をしたい。そう言いかけたように見えたが、アニエスさんは仲間たちの様子をうかがい、それを言葉にはしなかった。

「彼女のことは、俺たちが守ります。今まで、俺たちの方が守られたことが多かったですが。パーティは、持ちつ持たれつですから」

「お兄ちゃーんっ、そろそろ来ないとはぐれちゃいますよーっ」

ミサキが戻ってきて呼んでくれる。俺は手を上げて応じ、歩き出そうとする。

「……『炎天の紅楼』に入るのであれば、事前に十分な情報を集めた方がいいわ。これは、私たちが探索したところまでの地図……受け取ってくれる？」

「お、おいっ、アニエスさん、なんでそこまで……」

「これくらいのことはしたいの。許してほしいとは言わない……私は……」

旅団にも色々な人がいる。アニエスさんがライセンスを取り出し、俺のライセンスに地図の情報を送る——その地図は、二層の途中までで途切れていた。

「ありがとうございます。それともう一つ言っておくことがあります……俺たちは、シロネに会いました。彼女はカルマの上がる行為をしたため、七番区で牢に入れられています」

「っ……シロネが……あの子が、エリーティアに何か……」

「まだ、彼女の考えていたことは聞けていません。俺を勧誘するようなことも言っていましたが……もし『旅団』のことで彼女が思い詰めていたのなら。いつか、あなたたちの団長と直接話がしたい。そう思っています」

まだ俺のレベルは低く、そんなことを言っても旅団のメンバーに侮られるだけかと思ったが——彼らの表情は変わらなかった。ソウガは何を言えばいいのかという、困惑した顔をしているが。

「……適当に集めた有象無象ってのは、俺の見当違いだったみてえだから謝っとく。だがよ、結果を出せなければ話にならねえ。やりたいことをやるには、それなりの力が必要だ」

「それは、その通りだと思います。強さは必要で、エリーティアの剣の力にも俺たちは助けられてきた。もっと強くならなければと常に思っています」

「そうかよ……チッ。エリーティアの奴《やつ》、当たりを引いたな」

ソウガは「骨のある野郎じゃねえか」と小さく言ったようだったが――それを聞いて、若い女性のメンバーがソウガの背中を叩《たた》いた。

「でっ……何しやがる！」

「捨《す》て台詞《ぜりふ》とかダサダサじゃん、さっきから聞いてたら。アニエスお姉さまの手前黙っててあげたけど、あたしたちの代表みたいな顔するのやめてよね」

「うっせ。最近団長もピリピリしてるし、たまには好きに喋らせろっての」

旅団の二パーティのうち、何人かは俺に会釈をして歩き去った。一人一人が精鋭揃いなのだろうが、彼らもあくまで『探索者』で、自分たちのルールにのみ従う無法者ではないと分かった。

そんな彼らですらルウリィを助ける選択ができなかったのは何故《なぜ》なのか。『赫灼《かくしゃく》たる猿侯《えんこう》』が『魔王』と呼ばれるほどの魔物だからか。

旅団ほどの人数でも、『猿侯』を討伐して迷宮を攻略することはしなかった。俺たちのパーティだけで攻略しきれるのか――ルウリィを助ける、その目的だけを達成して脱出する。その可能性も模索しなくてはならない。

もし、ルウリィが――それを考えることは、今はしない。彼女は生きている、全《すべ》てそれを前提として考える。

俺たちに必要なことは、五番区の迷宮の手強《てごわ》さに向き合うこと。そして、それを跳ね返してみせることだ。

二　料理人

五番区にも上位、中位、下位のギルドがあり、俺たちが七番区から転移してきたときに訪れたのは中位ギルドの建物だった。

医療所を出たあと、俺たちはルイーザさんと合流するために中位ギルドに戻った。彼女は俺たちの専属ということで、後から五番区に移動する許可を得て来てくれた。

中位ギルドは別名『フォレストダイナー』と呼ばれており、大食堂を兼ねている。『スタンピード』で建物に被害が出てしまったからか、街の料理人らしき人たちもやってきて、集まってきた人たちに料理を出していた。

俺たちはスタンピード鎮圧における『最功労者』と認定されており、賑やかな食堂ホールではなく、ミーティングルームを兼ねた個室に案内された。

建物の材質は七番区よりも強度が高いもののようだが、内装の雰囲気自体は変わらない。黒い大理石のようなものを削り出したテーブルが置かれていて、全員で席に着いて待っていると、料理人らしい服装の女性が入ってきた。

「本日こちらのテーブルを担当いたします、『料理人』のマリア＝ミラーズです。本日はスタンピードの鎮圧、本当にお疲れ様でした」

淡々とした口調だが、彼女は深々と頭を下げると、廊下まで運んできていたワゴンを部屋の中に運び入れた。金属のドームのような蓋をされている料理――かなり大きいが、一体何を使った料理なのだろう。

「こ、これって……まさか、さっき倒したサソリさんだったり……？」

ミサキが戦々恐々として言うと、五十嵐さんもビクッとする――俺は味こそ問題なければだいたい何でも食べる覚悟はあるが、サソリはやはりハードルが高い。

マリアさんは何も言わず、金属の蓋を取ってみせる――するとそこには、さらに土のドームのようなものが入っていた。

「これは……岩塩蒸し、でしょうか？」

「さようでございます。五番区名産の素材をふんだんに詰め込んで蒸し上げました」

ルイーザさんの予想は当たっていた。土ではなく、塩のドーム――それを道具を使って崩すと、中にはさらに海藻《かいそう》のようなもので包まれたものが複数入っている。それを広げずに皆の皿に取り分け、マリアさんは一礼する。どうやら食べていいということらしい。

「こ、これって……いいのかしら、物凄く高級な料理なんじゃ……」

「…………」

「あっ、テ、テレジアさん、そんな大胆な……！」

テレジアが待ちきれないというようにナイフで海藻を切り開く――すると、中には鮑のような貝と、肉や野菜が入っていた。

貝に野菜を載せ、テレジアが口に運ぶ――白い喉が動いてそれを飲み込んだ瞬間、テレジアは驚いたように、目の前の皿を見た。マスクで目元は見えないが。

「……っ」

テレジアがこちらを見る。これほどの反応は初めて見る――食べるということに関してはテレジアには一家言あると思うが、その彼女が絶賛するとは。

「そ、そんなに美味《おい》しいのか？　じゃあみんな、食べてみようか……いただきます」

「んっ……んんっ……!?」

「ちょ、ちょっと駄目ですよ、このお肉……塩蒸しなのに塩加減が絶妙で、口の中でほぐれてとろっていっちゃいますよ……！」

「美味しい……それに、身体の中から温まるみたいです」

スズナの言葉を聞いて、俺はふと思い当たる――ライセンスを見ると、スズナの魔力が回復する速度が早くなっている。

マナポーションは飲みすぎると副作用が出るが、料理ならば問題ないということか。そして、スズナの状態に配慮して料理を作ってくれたということでもある。

「医療所から連絡をいただいて、回復の一助となる料理を作らせていただきました。本日はゆっくりとお楽しみください、次のお料理はお呼びいただけましたらお持ちいたします」

「ありがとうございます、本当に美味しいです。他の料理も楽しみです」

「それは何よりです。お酒をお持ちしましたが、他の飲み物もございますのでお申し付けください」

まさにいたれり尽くせりという状態で、ギルドの中に高級料理店があるような感覚に陥る。いや、まさにそうなのだろうが。

「さ、最功労者ってすごいですね……八番区のときは、こういうのはなかったですけど」

「料理人の人も、それぞれの区で人数が限られているらしいから……マリアさんのお料理は本当に凄いわね」

「……できれば、教わってみたい」

ミサキと五十嵐さんが感嘆する。メリッサも調理スキルを持っているので、この料理法には興味を惹かれたようだ。家での食事も落ち着くが、たまにはこういった贅沢もいいだろう――と、迷宮国では身体《からだ》が資本ということで、基本的にはその時食べたいものを優先しているが。

席に着いてからも、ずっとエリーティアは浮かない顔をしていたが、隣に座っているスズナが心配していると気づくと、料理を口に運んだ。

「……すごく美味しい。迷宮国には、まだ私の知らない料理がたくさんあるのね」

「エリーさん……」

「大丈夫……少し、考えてしまって。私自身も、焦ってはいけないと分かってるの」

エリーティアは笑顔を見せるが、やはりそれは俺たちに心配をさせないためのものだと分かってしまう。

『ザ・カラミティ』と戦っている間から、彼女のことが儚く見える。それでも安易な励ましを口にはできない。

「ルイーザさん、俺たちは五番区の迷宮に入ることはできるんでしょうか？」

「今回の件で『特別貢献度』が加算されますから、その値とスタンピード鎮圧における貢献度を足し合わせて……それでも、まだ即時で五つ星迷宮の探索許可は得られません。アトベ様方でしたら現時点でも申請は可能ですが、許可が確実に下りる保証は……」

俺たちはギルドの制度に助けられてもいるが、同時に縛られてもいる。高難易度の迷宮に入るために資格が必要なのは、脱落する探索者を減らすための方策だろう。

「四つ星の許可を取れていない段階で五つ星は、難しいかもしれませんが……申請をお願いすることはできますか」

「はい、勿論そのつもりです。エリーティアさん……そして皆さんがこの区に来るために、どれだけ頑張っていたか。私もそれを見てきましたから。ですが、一つ懸念があります」

「懸念……？」

ルイーザさんはお酒の入ったグラスに視線を落とす。言いにくいことを言おうとしているというのは、その表情を見れば分かった。

「五番区のギルドセイバー部隊は、今回の鎮圧に際して六番区常駐部隊のクーゼルカさん、ホスロウさんと、アトベ様がたの貢献が大きかったことを由々しき事態として見ています」

「えっ……な、なんでそんなことになっちゃうんです？　せっかく呼ばれて、みんなで頑張ったのに……っ」

「五番区より、その下の区の部隊が優秀と見られるから……ということですか」

俺なりに推察すると、ルイーザさんは頷《うなず》く。セラフィナさんは何も言わないが、その表情は厳しいものだった。

「アトベ様方には『奨励探索者《しょうれいたんさくしゃ》』の一つ上の称号を授与することが検討されています。五番区ギルドセイバー部隊本部は現在の体制から何らかの変更が行われると思いますが……これについては、クーゼルカ三等竜尉《さんとうりゅうい》から、決定次第連絡があると思います」

「分かりました。俺たちとしては、少しでも貢献できたなら十分と思っています」

メンツやプライドというものが誰《だれ》しもあると思うが、なるべくそういった争いには首を突っ込みたくはない――貢献度を競っている状況で言うことでもないが。

「少しお時間を頂きますが、五つ星迷宮の探索許可については、一時的にでも許可が下りるよう要請を行います」

「よろしくお願いします。難しいということなら、条件を達成できるように動きます」

「これでお話は一段落ね……続きはまた、宿舎に戻ったあとにしましょう。せっかくのお料理だから、味わって食べないとね」

五十嵐さんが言うとみんなも同意していた――エリーティアも少し笑顔を見せているし、食べて元気を出すことも重要だろう。

岩塩蒸しのあとにマリアさんが持ってきたのは、パイ皮で白身魚を包んで焼いたものにスープやサラダ、果物と、どれも申し分のないものだった。テレジアは少し怪我《けが》をした腕を庇っていたので、隣に座っている俺が食事の補助をする――この怪我も、できるだけ早く治るといい。

◆◇◆

一通り料理が出てきたあと、最後は食後のデザートを残すのみとなった。三つのデザートの中から選ぶのだが、そのメニューの中にある『堅牢の白桃ミルフィーユ』というものが目に留まる。

「マリアさん、これは能力値が上がる果実を使ってるんですか？」

「はい、今回は特別なお客様にお出しするメニューですので」

「そういうことなら、ミルフィーユ一択じゃないですか？　他のデザートは『安眠』とか、えっと……『熱情』？　って書いてますし」

「ね、熱情はちょっと……元気は出そうだけど、夜はただでさえ目が冴えちゃうのに……」

「っ……キョウカさん、それは駄目です、アリヒトさんの前では……」

「五十嵐さん、よく寝られてないんですか？　それならこの『安眠のミルクババロア』がいいかもしれませんよ」

「い、いいのよ、ここは少しでも強くなれるようにした方が……後部くん、余計な気は回さなくていいの」

なぜか怒られてしまった――まあ、確かにデザートは女性にとって大切なものなので、俺が勝手に決めてしまってはいけない。

「ルイーザさんも防御力を上げた方がいいですよね、男性の目が気になると思うので」

「なっ……ミ、ミサキ。そういうことを言うのはあまり感心しないというかだな……」

「い、いえ……もう慣れていますから。あまり気にしすぎても逆に良くないですから、着たい服を着るようにしているんです」

「……私の鎧も、防御力と比例した見た目になればいいんだけど」

五十嵐さんとルイーザさんは同時にため息をつく。そんな二人を見て、くすっと笑う人がいる――意外なことに、料理人のマリアさんだった。

「お二方には『熱情のシュトゥルーデル』をお勧めいたします。お酒を使っているデザートですので」

「そ、そうなのね……それならぐっすり寝られるのかしら……」

「そうですね、ではそちらでお願いできますか」

酒を使っているというのはルイーザさん好みだったようで、即決で決める――五十嵐さんもそうしたいようだったが、ルイーザさんとシェアするという話になり、『堅牢の白桃ミルフィーユ』を頼むことになった。

俺も酒は嫌いではないのだが、それほど嗜もうとは思わない。『シュトゥルーデル』というお菓子がどういうものか知らないが、そんなに酒をふんだんに使っていたりはしないだろうから、ルイーザさんが食べても心配はないだろう。

「マドカちゃん、私たちと一緒に大人の階段上っちゃいます？」

「あっ……い、いえっ、まだお酒の入ったデザートは早いので、ミルフィーユにします」

「……『熱情』が何か気になるけど、私もミルフィーユにする。防御を堅くしたいから」

「バウッ」

戦闘に参加するメンバーは基本的に『堅牢の白桃ミルフィーユ』を頼むようだ——原理は不思議だが、食べるだけで多少なりとも強くなれるというのはありがたい。

「シオンは虫歯にならないように、後で歯磨きをしてやらないとな」

「護衛犬《ごえいけん》用の『マスティックの枝』というものがございます。こちらをガムのように噛んでいただければ」

本当に気遣いが行き届いている——マリアさんはデザートのオーダーを確認したあと、一度部屋を辞する。

セレスさんとシュタイナーさんも食事の席に加わっているのだが、職人だからと遠慮していて言葉少なだった——だが、彼女たちもほろ酔いになり、気分が良くなったようだ。

「アリヒト、果実をあの娘に料理してもらえば良いのではないか？　調薬師を探すより早く果実の効果を高められるかもしれぬぞ」

「お願いできるかどうか、後で聞いてみようと思います。実際に頼むのは、また日を改めてになると思いますが」

『我輩は防御力をこれ以上高めてどうするんだろうという気がするから、たまには冒険してお酒のデザートにしたよ』

「酒はあまり得意ではないのじゃがな、こういった場では背伸びをしたがる。不肖の弟子じゃな」

『親方さまも強くはないっていうか、飲んで大丈夫なの？　って思うけどね』

「ぐっ……お、お主。アリヒトに要らぬことを言っておらぬじゃろうな……」

こういったやりとりも仲の良さの表れだと思うことにする。しかし『要らぬこと』とは一体なんだろう――セレスさんには何か秘密があって、それを俺に隠したいということか。

「アリヒト、女の年齢と素性は深く詮索すべきではないぞ。分かったかや？」

「は、はい……」

そう釘を刺されてしまうと、深く追及もできない。五十嵐さんとルイーザさんからも圧力を感じるので、ここは大人しくしておく。といっても五十嵐さんは年下だし、いかにも淑女といった容姿のルイーザさんもそうだろうとは思うのだが。

三　五番区司令官

アデリーヌさんは部隊の仲間と食事をしていたので、ギルドから出たところで合流し、宿舎まで案内してもらった。その途中で、スタンピード鎮圧後にギルドセイバー部隊から得た情報を教えてもらう。

「あの『名前つき』は、同族の魂を捧げられて強化される、女王のような存在でした。もし、より多くの魂を吸収していたら、手がつけられなくなっていたかもしれません。その点では早期から五番区の広域に戦線が展開されたこと、『ザ・カラミティ』の討伐までに『デスストーカー』が倒された数が多くなかったことが功を奏したと言えます。って、分析班の方が言っていました」

「なるほど……あの魔物の性質上、前回もスタンピードが起きてると思うんですが。その時はどんな戦いになったんでしょうか？」

それを聞かれると思っていたのか、アデリーヌさんは革張りのノートのようなものを取り出す。

五番区ギルドセイバーの記録を借りてきたらしい。

「ええとですね……前回のスタンピードは一年前に発生してますが、当時の五番区司令官は『ザ・カラミティ』との戦闘で負傷して、上位の区から救援が来るまで三日の間、鎮圧できませんでした。そのときに、五番区司令官は交代になっていますから……今回、一日で鎮圧できても、自分たちの部隊が主導できなかったことで、責任を感じていらっしゃるのではないかと」

「三日間も……『名前つき』を罠にかけずに倒そうとすると、他のサソリみたいに逃げられちゃうってことかしら」

「そんな魔物を、この区に来て数時間で倒しちゃうなんて……それはびっくりしますよね、五番区のギルドセイバーの人たちも」

話を聞くほど、それが必要なことだったとはいえ、周囲に大きな影響を与えたということを実感する。

五番区のギルドセイバー部隊が俺たちのことをどう考えているか。それ次第では、『炎天の紅楼』の探索許可が下りるかどうかに関わってくる――ならば。

今のうちに挨拶に行っておくべきだ。そう考えたとき、夕闇に染まった通りの向こうから、二人のギルドセイバーが歩いてくる。ナユタさんと、少し陰があるように見える男性だ。

「っ……ディラン三等竜佐殿……なぜ、こちらに……？」

「こ、これはちょっと予想外っていうか……何かの通達でしょうか……？」

セラフィナさんとアデリーヌさんが背筋を正す。軍服の男性は俺の前までやってくる――背格好は俺とそう変わらず、年齢も同じくらいだろうか。

「そうか……君がアトベか。話には聞いていたけど、数十年に一度のルーキーというのは、本気も本気だったっていうことだね。いやあ、驚いた」

「は、初めまして……俺たちのことを知っていらっしゃるんですか？」

「そんなにかしこまることはないよ。俺も肩書きはギルドセイバーだけど元は探索者だからね。いや、本当に面目なかった。クーゼルカとジョシュさんが来たって時点で、何かやってくれそうな予感はしていたんだけどさ」

フランクというか、軍人らしさをあまり感じない――というと失礼にあたるだろうか。なんというか、良くも悪くも肩の力が抜けた人物だ。

「その、ジョシュさんとは……」

「ああ、ホスロウ竜曹《りゅうそう》と言えば伝わるかな。彼は家名をライセンスの登録名にしているからね」

ホスロウさんの名前は聞いたことがあったので、親しい間柄かを聞きたかったのだが、返事は少し遠回しなものだった。このディランという人は、クーゼルカさんとホスロウさんとは旧知の仲ということだろうか。そして、二人の実力についても知っている――上官だから部下について把握しているというより、一緒に戦ったことがあるかのようだ。

「ディラン司令官、彼らが『ザ・カラミティ』を回廊に誘導し、討伐において大きな貢献をしたところを、私も見ていました……いえ。彼らが主導で討伐したと見るべきです」

ナユタさんが進言すると、ディランさん――ディラン司令官は頷《うなず》きを返す。そして、懐に入れていた何かを取り出し、俺に差し出してきた。

「一つ、君たちに謝りたいことがある……君たちが大きな功績を挙げたことについて、独断専行だったと主張する者がいてね。『名前つき』を討伐することが肝要なのだから、経緯がどうであれ、まず賛辞を送り、戦った君たちを労うべきなのに……本当に、すまなかった」

「い、いえ。俺たちは、そういう話を直接されたわけではないですから」

「それはそうだ、そんなことを言う輩《やから》には反省を促さなくてはいけない。君たちは『ザ・カラミティ』の討伐者として、最功労賞を受けた……そして、『奨励探索者《しょうれいたんさくしゃ》』の上の称号である『特別選抜探索者』に認定することが決まった。受け取ってもらえるかな」

◆マギスタイトのメダリオン◆
・ギルドの認定する『特別選抜探索者』の称号を証明する。
・魔力上限値が上昇する。
・秘められた力がある。

「これは……」

「称号メダルというものだよ。持っているだけで装備品としても効果がある。お守りのようなものだと思って、持っていてくれるかな」

今まで見たことのない金属で作られた、ギルドセイバーの紋章が彫られたメダル。持ち歩くには支障がない大きさなので、スーツの内ポケットに入れておくことにする。

「もう通達があったと思うけど、これから君たちは七日間、特例によって五番区に滞在することが許可される。本来、君たちは六番区まで行く資格を持っているが、五番区に来たのはあくまでも要請によるもので、特殊なことと考えてほしい。スタンピード鎮圧における最功労者に対して、非礼なことを言っているのは理解している。だが、規則は規則だ」

七日間――一週間。その日数で、ルウリィを助けなくてはならない。

「俺たちには、五つ星の迷宮に入る許可が必要なんです。ギルドの担当官にも相談しましたが、ディラン司令官、貴方にその許可を出す権限があるなら……」

ディランさんは首を振る。規則は規則――それが、ギルドセイバーの立場ということだ。

「君たちはスタンピード鎮圧で、特別貢献度を得ることになる。その値と、五番区で上げた貢献度の数値を加算すれば、数日で許可を出せるだろう。五番区の『名前つき』を倒すという条件は、もう達成しているからね」

「数日……」

一日でも早いほうがいい。態勢が整い次第、すぐにでも――それなら。

俺たちのことを認めてくれているらしいディラン司令官に、ここで許可を出してもらうことができたら。

「――アリヒト」

袖を引かれ、振り返る。エリーティアが、首を振る――俺を諌めるように。

「君たちには実力がある。パーティとしての類稀な力だ……それを育て、いくらでも先に進むことができる。やがて正式に五番区を通って、さらに先へ行く。他のどのパーティよりも速い歩みで」

「……はい」

「アトベ殿、クーゼルカ殿とホスロウ殿たちも数日滞在するとのことです。その間に何か用件があったら、いつでも連絡してほしいとおっしゃっていました」

「分かりました。伝えてくれて、ありがとうございます」

ディラン司令官とナユタさんが歩き去る。エリーティアは俺の袖を離すと、笑ってみせる――それは、空元気ではないように見えた。

「アリヒトの気持ちは凄く嬉しい……でも、急ぎすぎてもいけない。私は『猿侯』を見たことがあるから分かるの。無理をしたら、また誰かが……だから……」

「…………」

テレジアがエリーティアに近づく――心配ないというように。しかし、エリーティアは首を振った。

「みんなが無事じゃなかったら意味がない……だから。六番区から順番に、強くなってここに来られるのなら……」

「いや……俺たちは五番区でも戦うことができた。『デスストーカー』を倒せたのなら、五番区の迷宮で全く通用しないってことはないはずだ。三つ星で潜れる迷宮もあるかもしれない。そこでレベルを上げるって方法もある」

「五番区での貢献度が必要だから、私もその方がいいと思うわ。もう一歩のところなのに、この七日間を他の区で使ってしまったら、きっと後悔するから」

五十嵐さんの言葉を受けて、エリーティアはやはり逡巡していたが――やがて、静かに頷く。

彼女は葛藤し続けている。ルウリィを助けたいという思いと、仲間を傷つけたくないという思い――しかしそれはエリーティアだけが抱いているものじゃない。

「この五番区で経験を積むこともできるはずだ。俺たちのレベルは、今五番区にいる中では最も低いくらいだろう……１レベル上げるだけなら、きっと六番区よりこの区で戦う方が早い」

「……分かったわ。私も、五番区でレベルを上げるために適した迷宮について情報を集めてみる」

エリーティアはそう言って、宿舎の方向ではなく、人通りのある賑やかな通りに歩いていこうとする。

「エリーティア、今はしっかり休んだ方がいい。さっきの戦いで、君も怪我《けが》を……」

呼び止めようとするとエリーティアは振り返るが、足を止めることはない。ついていこうとする仲間を制して、彼女は言う──笑顔で。

「まだ宿舎に戻っても、気分が昂ぶってすぐに休めそうにないから。怪我のことは心配しないで……遅くならないうちに戻るわ」

期間が限られている以上は、情報収集に当てられる時間も限られる。エリーティアの判断を尊重するべきと思うが、やはり彼女の様子を見ていると気がかりではある。

「……エリーティアさんは、五番区にいた経験があるんですよね。この区のことは、私よりも詳しいかもです」

「そう……ですね。俺たちは宿舎に戻って、帰りを待ちましょう」

エリーティアの姿は、もう路地の角を曲がって見えなくなっている。

少しでも早く──その気持ちは俺にも分かる。だが、だからこそ冷静にならなくてはいけない。それをエリーティアも分かっていると、今は信じるしかなかった。

四　魔物と眷属

初めて五番区に来たときに、私は『白夜旅団《びやくやりよだん》』の第三パーティの一員として、『神秘の湖畔』という迷宮に入った。

その迷宮は、五番区で一番易しいというわけじゃない。でも、レベル7だった私でも戦いに参加することができて、レベル8に上がった。

そのときは、ルウリィが一緒にいた。怪我をした私の傷を、治癒の技能で癒《いや》してくれた。


――エリー、ごめんね。こんな怪我させちゃって、私の回復が遅かったから……。

――そんなことないわ。私も少しでも頑張って、頼ってもらえる剣士にならなきゃ。

――私は今でもエリーを頼ってるよ。初めて会った時からずっとそうだもん。


ルウリィは『ヒールウィンド』という技能を使って、私の傷を治してくれた。風が優しく身体《からだ》を包み込んで、傷を癒してくれる――ルウリィの技能は、魔法みたいだった。

転生者の中には、魔法を使いたくてそういう職業を選びたがる人が多い。けれど適性があるのはごく一部で、回復技能が使える職業の中でも、魔法のようなことができる『治癒師《ヒーラー》』になれる人はとても少ないそうだった。

けれど、兄は――団長は、ルウリィの技能で自分の傷を治そうとはしなかった。

兄がなぜそうしたのかは分からない。『治癒師』という職業は旅団にとって有用だと言っていたけれど、ルウリィの力を借りられる場所でも、ポーションを使って回復したりすることがあった。

兄が変わってしまってから、私は彼が何を考えているのかが分からない。転生する前から、そんなに親しかったわけじゃない――でも、今みたいに、他人の考えを全く聞き入れないような人ではなかった。

――エリーティアは『剣士』か。バランスを考えると、後衛職についてもらえると嬉しかったんだけどね。

最初から兆候はあったのかもしれない。兄は迷宮攻略のために、周囲の全《すべ》てを思い通りにしようとするようになっていった――初めはリーダーだった父が諫めることもあったけれど、その父も、自分が負傷してからは、兄に意見をすることが減っていった。

私はみんなについていくだけでやっとだった。レベルはいつもパーティの平均より低くて、足を引っ張っていた――その状況を変えるためにと、兄が渡してくれたのが『緋の帝剣《スカーレットエンペラー》』だった。

――これを使えれば、レベルに関係なく貢献できるかもしれない。使えなかったとしても、もう一度くらいはチャンスをあげよう。

――出来が悪い妹でも、多少は役に立ってくれると助かるな。

「……っ」

私をパーティに置くことに、兄が価値を感じていないことは分かっていた。

『緋の帝剣』を装備することができたとき、兄は少年のように目を輝かせて喜んだ。私は、居場所を作るために兄に媚びた自分を恥ずかしいと思った――それでも。

旅団にいられること。ルウリィと離れずにいられることを、嬉しいと思った。

（……私もシロネと同じ。あの子のことを、責める資格なんてない）

私は運が良かっただけ。『緋の帝剣』に振り回されて、それが危険な力だと分かっていながら——何度も使って、頼り切っていた。

スズナがいなかったら、私は仲間の誰かを傷つけていたかもしれない。

スズナがいてくれて、私を止めてくれて——みんなでこの五番区に来られたことが、本当に奇跡以外の何物でもなくて。

失いたくない。一人も傷ついてほしくない。

でも、ルウリィを助けようとすることは、仲間に痛みを強いる。分かっていたのに、五番区の魔物と戦っているうちに、今さら怖くなった。

このパーティなら、ずっと先に行ける。ギルドセイバーでも手出しをしないような迷宮を避けるのは、他の人たちも当たり前にしていること。

私の願いが、みんなの夢を途絶えさせてしまうかもしれない。

——テレジアを人間に戻したい。それがアリヒトの一番望んでいることで、私はそれを絶対に叶えてあげたい。

五つ星の迷宮に、私だけなら入ることができる。そのことを、私はアリヒトたちに言わなかった。『旅団』にいた頃《ころ》に、資格を得ていたから。パーティを組んでいない個人としての私は、規則違反でカルマを上げることなく迷宮に潜ることができる。

（……ルウリィを探す。でも……もし、ルウリィが、もう……）

必ず彼女は生きている。そう皆も信じてくれた——私だって、信じたい。

けれど迷宮は、私たちにとって優しいことなんてない。

だから、みんなより前に、私が向き合わなくてはいけない。あのときルウリィを助けられなかった私が、一人で。

皆の顔が頭に浮かぶ。心配させてしまっていると分かっていて、私はいつまでも子供っぽさが抜けなくて、みんなを心配させないように振る舞うこともできない。

「……すぐに戻るから。だから、少しだけ……」

その迷宮の入り口に向かう道が、ひどく懐かしく思えて、足が震えた。

日が沈んでも、辺りには街灯の明かりが煌々と灯《とも》っている。ギルドセイバーが近づくことを推奨せず、それが探索者の間に浸透していて、人の姿はほとんどない。

赤い金属の丸い柱。その間を潜って石の階段を降りれば――そこが『炎天の紅楼』。

炎のように揺らめく街灯の明かりの中で、私は立ち尽くす。自分の心臓だけが存在しているようで、痛いほどに鼓動を打つ。

「――全く、悪どいことを考えるもんだ」

近くから男性の話し声が聞こえてきて、私は我に返る。二人の探索者が『炎天の紅楼』のことを話している。

「魔物に従属させられた探索者は、一定期間が経《た》つと魔物に認定される。そりゃ、ギルドの規定ではそうなってるかもしれないがよ……」

――それは、一番考えたくない可能性の一つだった。

探索者が亜人になって、もし人を襲うことがあれば、討伐の対象になる。つまり、魔物とみなされるということ。

けれどもう一つ、ギルドでは規則として定められている。

探索者が魔物に従わされて、他の探索者に敵対する場合――ライセンスは、魔物に味方した探索者もまた魔物だと判別する。

「あっちは容赦なく殺しにかかってくるんだから、それはしょうがねえだろう。だが、操られた探索者を狙《ねら》って、その装備を手に入れようなんざ……」

「それも人目につかない夜のうちに、だなんてな。やってることが夜盗か何かと変わらねえ……」

「今の話……それは本当のことなの？　この迷宮に、そんなことを言っている人たちが入っていったの……？」

「っ……な、なんだ、いつから聞いてたんだ？」

私がいることに気づいていなかった彼らが驚く――でもそんなことに構っていられず、私は話していたうちの一人に詰め寄る。

「その操られた探索者の中に『治癒師《ヒーラー》』はいたの？　お願い、答えて！」

「い、いや……情報がそれほど出回ってるわけじゃねえが、『猿侯』が探索者を従属させてるってのは、この区の連中ならほとんど知ってるだろう」

「っ……お、おい。この剣、まさか『白夜旅団《びゃくやりょだん》』の……」

「あ、ああ……そうか。あの『白夜旅団』でも完全攻略を諦《あきら》めて撤退したって話だったな。その時に誰か捕まったってのなら、もう魔物扱いされてやられてるかも……」

「……そんなこと……絶対にさせない……っ！」

私は走り出す――赤い柱の間を走り抜ける前に、後ろから男の人たちの呼び止める声がしたけれど、構っていられなかった。

転移する感覚のあと、私の目の前に広がったのは、燃えるような赤い葉をつけた木々――この森を抜けた先、二層には『猿侯』の築いた砦がある。

この迷宮の特徴は、『猿侯』の眷属以外の魔物がいないこと。『スタンピード』を起こすことがないから、ギルドセイバーは危険な迷宮と見なさない。

資格があれば探索することは自由で、何が起きてもパーティの自己責任になる。

高レベルのパーティなら、この迷宮を攻略できてもおかしくない――それでも『猿侯』は長く生き延びている。その収穫を目当てに、危険を承知で狙われるはずの『名前つき』なのに。

それは『猿侯』の従えている戦力に、従属させた探索者――人間が含まれているから。

（私のレベルで『レッドアイ』を発動すれば、きっと『猿侯』の動きにもついていける。仲間たちが狙われたら……『ザ・カラミティ』のときと同じように、また誰かが傷ついてしまうかもしれない。でも、私だけなら……）

ルウリィの姿を見つける。そして、迷宮から連れ出す――それさえできれば。

操られているとしても、きっと解放する方法はある。ここまで来てしまったなら、私は必ずルウリィを連れて帰る。

（ルウリィが他の探索者に見つかったら、命を狙われる……『治癒師《ヒーラー》』のルウリィは、重要な回復役だから、後衛装備でも貴重なものを身に着けてた。他の人に上手《うま》く使えなくても、市場では高い価値がある）

「……っ！」

◆現在の状況◆

・『エリーティア』が『ソニックレイド』を発動

もう、後悔したくない。

目の前で大切な人を失うことは、見捨ててしまったルウリィを、もう一度見捨てることは——絶対に、できない。

五　燃える森

赤い金属の列柱の間を走り抜けて、二層に転移する。時刻が変化する——空は真っ暗で、けれど目の前は明るい。

「っ……こんな……前は、こんなじゃなかったのに……っ」

猿侯の砦は、二層の広い範囲を占めていた。けれど、二層に入ってしばらく探索しなければ見つからなかったはずだった。

その砦の外壁が、少しだけ歩いた先にもう見えている。赤く燃えるような森の中で、橙色の明かりに照らされている。

（あのパーティ……良かった、追いつけた……）

「おいっ……聞いてた通りだ、いたぞ、人間が……！」

「装備品は捕まった当時と変わってないか、それ以上か……何だよ、『猿侯』の下についた方が普通に探索者やってるより待遇がいいんじゃねえか？」

「魔物の相手してるよりよっぽど面白そうだ……しょうがねえよな、魔物に操られちまってんだから。正当防衛ってやつだ」

聞くに耐えないようなことを言って、笑っている。こんな連中にルウリィが見つかったら——そんなこと、考えたくもない。

気づかれないように木陰に隠れながら、私は四人連れのパーティの後を追う。

迷宮の中に、川が流れている——橋を渡って、その先にまで『猿侯』の砦は築かれている。西側、東側に違う砦が分けて造られたようだった。

『猿侯』は私たちを奇襲したように、とても狡猾な魔物だ。自分のいる場所を簡単に特定されないように、増やした戦力を新しい砦に振り分けている——そういうことも考えられる。

「この砦、話に聞いてたより大きくなってねえか？」

「これじゃ、まるで迷宮の中に国でも造ろうとしてるみてえだな……」

「だが、所詮は猿だ。見ろよ、砦の門を開けるための仕掛けがある。隠してるつもりだろうが、俺の目は誤魔化《ごまか》せねえよ」

「ここに入って行ったのは間違いない。さて、魔物に操られた奴らを助けてやるとしようか」

（隠している……本当にそうなの……？）

門の仕掛けを動かして、男たちが砦の中に入っていく。辺りを警戒するような技能を使っているとは思うけれど、それでも嫌な予感は拭えない。

こんなに簡単に入れるのは、何か理由がある。彼らが見た人影がルウリィだったのか、それとも別の誰かなのか——危険でも、私も行って確かめなくてはいけない。

「おい、そこにいるんだろ！　隠れてないで出てこいよ！」

「バカ、そんな大声出したら他の魔物まで気づくだろうが」

砦の門がもう一度閉まり始める——男たちが砦の内部に関心を向けているうちに、滑り込むしかない。私は身を低くして、木の杭で作られた門の中に辛うじて入り込む。

男たちは門を抜けた先の広場にいる。彼らが私の姿に気づかないうちに、広場に幾つか置かれた石像のようなものの陰に隠れる。

——そのとき、悲鳴のような声が上がった。

「っ……お、おいっ、何かおかしい……っ！」

「後ろの地面に、変な模様が……うわぁぁぁっ！」

◆現在の状況◆

・『★赫灼《かくしゃく》たる猿侯《えんこう》』が『煉獄の障壁』を発動　→地形効果：脱出不可、高熱

——その、血のように赤く燃え盛る炎の色は。

忘れるはずもない。何度も夢に見せられた、私にとっての悪魔の象徴。

◆遭遇した魔物◆

★赫灼《かくしゃく》たる猿侯《えんこう》：レベル12　通常　炎耐性　ドロップ：？？？

猿侯の眷属・格闘家：レベル11　警戒　ドロップ：？？？

猿侯の眷属・踊り子：レベル11　警戒　ドロップ：？？？

猿侯の眷属・地形士：レベル11　警戒　ドロップ：？？？

黒い外套のようなものと、奇妙な猿の面を身につけた探索者たち——そして、その奥に姿を現したのは。

「お、おいっ、やべえ、あいつは駄目だっ……！」

「くそっ、あの踊り子を囮にして俺たちを釣りやがったのか……っ」

「『帰還の巻物』が発動しねえ！　ふ、ふざけるなっ、何でこんなっ……！」

「どんどん熱が上がっていく……このままじゃ蒸し焼きにされちまうぞ……っ」

「――あなたたち、前を見なさいっ……来るわよっ！」

「なっ……!?」

◆現在の状況◆
・『★赫灼《かくしゃく》たる猿侯《えんこう》』が『ウォードラム』を発動　→『猿侯の眷属』たちの攻撃力と速度が上昇
・『★赫灼《かくしゃく》たる猿侯《えんこう》』が『ホライズンロア』を発動　→『ガルフ』がスタン
・『エリーティア』が『ソニックレイド』を発動
・『猿侯の眷属・踊り子』が『妖艶舞踏』を発動　→『ガルフ』『カザン』が魅了　『ギド』『リーガン』が魅了に抵抗
・『猿侯の眷属・格闘家』が『猛虎双掌打』を発動　→『ギド』に命中　ノックバック大
・『猿侯の眷属・地形士』が『部分崩落』を発動　→『リーガン』が行動不能

「うぉぉぉぉぁぁぁっ……!!」

リーダー格だった曲剣を持った男性が、打撃を受けて吹き飛ぶ――私は助けに入ることもできず、吹き飛ばされた彼の血を浴びてしまう。

一瞬で四人は戦闘不能になる。ガルフとカザンという人はもはや戦意すらなく、倒された仲間たちに近づく——『猿侯』は全員を仲間に引き込もうとしている。

『猿侯』に近づく探索者がほとんどいない理由は明白だった。探索者にとって恐ろしいのは魔物だけじゃない——探索者同士で戦うことが、どれほどの危険を伴うか。

「……ここで終わらせる。終わらせないといけない」

◆現在の状況◆

・『エリーティア』が『ベルセルク』『レッドアイ』を発動　→攻撃力・運動能力上昇　魔力減少開始

・『スカーレットダンス』の効果により攻撃力上昇　防御力低下

「——ずっとこの時を待っていた……あの日、おまえが全部奪った日から……！」

この魔物がどれだけの人を苦しめてきたのか。この操られている人たちの仲間が、どんな思いでいるのか——私だって。

「グギャギャギャ……！」

人の数倍もある大きな猿。私を小さなものとして見ている——自分が相手をするまでもないというように、眷属たちを前に出して盾にする。

彼らと戦いたいわけじゃない。私が狙《ねら》うのは、ただ『猿侯』だけ。

それさえできれば、他に何もいらない。全部失ってもいいから——ルウリィだけは。

「グギャギャ……ッ」

「……笑うな」

自分が馬鹿なことは、自分が一番良く分かってる。

でも、そんな私のために、みんなはここまで一緒に歩いてくれた。私のことを、決して笑わないでいてくれた。

──だから。必ず、ルウリィと一緒に帰るから。

叶《かな》うならもう一度、馬鹿な私を許してほしい。

「──うわぁぁぁぁぁっ……‼！」

◆現在の状況◆
・『エリーティア』が『ソニックレイド』を発動
・『スカーレットダンス』の効果が発動　↓『エリーティア』に『紅影』が付加　さらに体力減少
・『猿侯の眷属・格闘家』が『疾風回し蹴り』を発動　↓『エリーティア』の『紅影』に命中　ノーダメージ
・『猿侯の眷属・踊り子』が『円月投刃』を発動　↓『エリーティア』の『紅影』に命中　ノーダメージ
・『猿侯の眷属・地形士』が『アフタースコール』を発動　↓地形効果：泥濘
・『エリーティア』が『エアレイド』を発動

高速で放たれる攻撃の全《すべ》てを、感覚だけで回避する。全て私の作り出した残影に吸い込まれてい

く――地面を泥濘《ぬかるみ》に変えられても、私は止まらない。『エアレイド』の技能で、跳躍して最後の加速をする。

『猿侯』の頭上。『猿侯』が目を見開き、驚愕し、牙を剥く――私は、回転しながら剣を振り抜く。

「……はぁぁぁぁぁぁっ！」

◆現在の状況◆
・『エリーティア』が『ブロッサムブレード』を発動
・『スカーレットダンス』の効果により攻撃力上昇　防御力低下
・『★赫灼《かくしゃく》たる猿侯《えんこう》』に二十四段命中
・『エリーティア』の追加攻撃が発動　→『★赫灼《かくしゃく》たる猿侯《えんこう》』に八段命中

「ゲギャッ……アァ……‼」

「――まだ終わりじゃない……私の全てを賭けてでも、おまえを倒す……！」

アリヒトが後ろから力を貸してくれたら。この攻撃ももっと威力が出せた――でも、威力が足りないなら。

『猿侯』が倒れるまで、繰り返す。全ての攻撃を避けて、ただ倒すべき敵だけを狙って――刃の花弁を散らし続ける。

「――堕《お》ちろっ……！」

『踊り子』が蹴りを繰り出すと共に、靴に仕込んだ刃が飛び出す――それも私には届かない。

◆現在の状況◆
・『猿侯の眷属・踊り子』が『ダンスシックル』を発動　↓『エリーティア』の『紅影』に命中　ノーダメージ
・『スカーレットダンス』の効果により連撃発動
・『エリーティア』が『ブロッサムブレード』を発動
・『スカーレットダンス』の効果により攻撃力上昇　防御力低下
・『★赫灼《かくしゃく》たる猿侯《えんこう》』に二十四段命中
・『エリーティア』の追加攻撃が発動　↓『★赫灼《かくしゃく》たる猿侯《えんこう》』に八段命中

「あぁぁぁぁぁあっ……‼」

◆現在の状況◆
・『猿侯の眷属・格闘家』が『猛虎双掌打』を発動　↓『エリーティア』の『紅影』に命中　ノーダメージ
・『スカーレットダンス』の効果により連撃発動
・『エリーティア』が『ブロッサムブレード』を発動
・『スカーレットダンス』の効果により攻撃力上昇　防御力低下
・『★赫灼《かくしゃく》たる猿侯《えんこう》』に二十四段命中
・『エリーティア』の追加攻撃が発動　↓『★赫灼《かくしゃく》たる猿侯《えんこう》』に八段命中

「グ……ガ……ッ」

『猿侯』がバランスを崩す──地面に、膝を突《つ》く。

あと一撃でいい。あと一度──でも。『ブロッサムブレード』を使おうと意識した途端に、目の前が暗くなる。

このまま発動はできない、別の技に切り替える。それでも、倒しきれる。

もう一撃なのに。

──そのはずだったのに。

◆現在の状況◆

・『★赫灼《かくしやく》たる猿侯《えんこう》』の『影武者』が解除　↓　『★獄卒の魔猿』に変化

目の前にいた魔物の姿が、変わる。赤い体毛を持つ猿侯から、黒い体毛を持つ魔物に──そして、身体《からだ》も一回り小さくなる。

何が起きたのか分からない。間違いなく『猿侯』と戦っていた──なのに。

私が三度の『ブロッサムブレード』を浴びせた相手は、まるで役目を果たしたとでもいうかのように、口から血の泡を飛ばしながら笑っていた。

そして、私は気がつく。それがとても遅いということを知りながら。

広場を包み込んだ、炎の壁。それを背にして、新たに姿を見せた魔物と──その傍らに立っている、その人は。

◆遭遇した魔物◆
猿侯の眷属・治癒師《ヒーラー》：レベル11　警戒　ドロップ：？？？

「……ルウリィ……」

◆現在の状況◆
・『猿侯の眷属・治癒師』が『オープンウーンズ』を発動　↓対象：『エリーティア』
・『エリーティア』が出血

「あ……ぁぁぁっ……!!」

一撃も受けなかったはずだった。なのに『ザ・カラミティ』の攻撃で受けた傷が痛む——傷が、開いている。

この、攻撃は。気の優しいルウリィが、使うのをいつもためらっていた——『治癒師』の使える、唯一の攻撃方法。

◆現在の状況◆
・『猿侯の眷属・治癒師』が『ヒールウィンド』を発動　↓対象：『★獄卒の魔猿』

『眷属』の攻撃を受けるわけにいかずに、私は後ろに跳ぶ。その間に、傷ついていた黒い猿の魔物が、回復していく。

懐かしい。けれど、今は悲しいとしか思えない。

おそらくは、本物の『猿侯』。私達にとって仇であるはずの魔物と一緒にいて、魔物のためにその力を使っているのは——紛れもなく。

ルウリィがどんな顔をしているのかも分からない。猿の面に、黒い皮の外套のようなものを羽織って——けれど、その下に見えるのは。私が知っている、ルウリィがいつも使っていた『治癒師』の装備、ワンドだった。

「姿を見せもしないで、偽者と戦わせて……ルウリィを操って……っ」

ルウリィが私にワンドを向ける。もう一度『オープンウーンズ』を使われたら、私は——。

親友の攻撃を、恐れている。そんな私に、まるで憐れみでも向けるかのように。

『赫灼《かくしゃく》たる猿侯《えんこう》』は、口の端をつり上げて——笑いながら、ルウリィを制した。

それは私に、『猿侯』がルウリィを支配していることを、見せつける行為でしかなかった。

「許さない……許さない許さない許さない……絶対に許さないっ……!!」

『猿侯』の偽物ですら、私は一人で倒しきれなかった。傷が完全に治りきらなくても、動けるようになった猿は、眷属三人と一緒にこちらにやってくる。

◆現在の状況◆
・『エリーティア』の体力、魔力が減少
・『エリーティア』の『ベルセルク』『レッドアイ』が解除

赤く染まっていた視界が、戻る。

身体に満ちていた暴力的な力と、同じだけの喪失感も、感じられなくなる。残ったのは、鉛のように重くて動かない身体と、酷《ひど》く重く感じる『緋の帝剣《スカーレットエンペラー》』だけ。

意識が遠くなる。ルウリィの力で開いた傷の痛みが激しさを増す。

最後に、私の中を満たした感情は。

仲間たちに、言わなければいけない。助けられなかったルウリィにも。

「……ごめんなさい。私……何も……」

もし『猿侯』が私を従わせようとするなら――最後に、しなければいけないことがある。

剣の柄を握る手に力を込める。この剣に選ばれてからずっと、私は迷い続けてばかりだった。

けれど、最後くらいは。決してアリヒトたちに剣を向けないために――自分で。

それなのに、手は動かなかった。

『猿侯』の手下の大きな猿と、眷属たちが足を止めている。

――後ろで、大きな音がした。失っていた感覚が、戻ってくる。

そして最初に聞こえたのは――いつも後ろから力をくれた、彼の声。

「――まだ終わりじゃない……終わらせない……！」

アリヒトが来てくれた。みんなも――私は、勝手なことをしたのに。

アルフェッカの車輪の音。飛び降りた誰かが、私に駆け寄ってくる――私を後ろから支えてくれたのは、キョウカだった。

「エリーさんっ……こんなに傷ついて……本当に、無茶するんだから……っ！」

「……ごめんなさい。皆……逃げて……あの、魔物が……」

私の意識は途切れる。包み込まれるようなキョウカの温かさ――そして、離れているのに私を癒《いや》してくれる、アリヒトの回復の力。

もう、祈ることしかできない。皆が無事でいてくれること、この砦の外に逃げてくれることを。

六　血路

エリーティアが『炎天の紅楼』に行ってしまうかもしれないとは分かっていた。

クーゼルカさんとホスロウさんを通じて、一時的にでも五つ星の迷宮に入る許可を得ることができた——称号を持っている探索者は、資格を持たない迷宮に入ることを特例で許可されることがある。エリーティアが単身で迷宮に入ったことこそが、その特例の範囲に入っている条件だった。

二層に入り、エリーティアの現在地をアデリーヌさんの『使い魔の矢』で偵察してもらい、アルフェッカの力を借りて急行した——砦の閉ざされていた門は『支援攻撃1』で固定ダメージを入れて壊したが、中に入るには『煉獄の障壁』を破らなければならなかった。

『マスター、銀の車輪《アリアンロッド》は炎などで阻むことはできぬ。突き破ってみせよう』

アルフェッカの技能の一つである『銀の軌跡』には、もう一つの特殊効果——地形効果による障害を突破する力がある。そして炎を抜けた先で、俺たちは一人で『猿侯』たちの前に立つエリーティアを見つけた。

砦の中に突入できたのは、アルフェッカに搭乗した五十嵐さん、テレジア、セラフィナさん、俺の四人——脱出するときも『銀の軌跡』で障壁を破らなくてはならない。

だがそれは、敵の追撃を振り切った先の話だ。五十嵐さんがエリーティアをアルフェッカに乗せる前に、猿の面をつけた探索者——『猿侯の眷属』に狙《ねら》われてしまう。

「――はぁぁぁぁっ‼」

「アリアドネ、支援を頼む！」

『――秘神《ひしん》の名において、大盾の守護者に加護を与える』

◆現在の状況◆
・『アリヒト』が『支援防御1』を発動　↓対象：『セラフィナ』
・『アリヒト』が『アリアドネ』に一時支援要請　↓対象：『セラフィナ』
・『アリアドネ』が『ガードアーム』を発動
・『セラフィナ』が『オーラシールド』を発動
・『猿侯の眷属・格闘家』が『震空波』を発動　↓『セラフィナ』に命中　ダメージ半減
・『猿侯の眷属・踊り子』が『ダンスシックル』を発動　↓ノーダメージ

「くっ……！」

「セラフィナさんっ……！」

「――アトベ殿っ、援護をお願いします……っ、はぁぁぁぁっ！」

「私も援護くらいならっ……やぁぁぁっ！」

◆現在の状況◆
・『アリヒト』が『支援攻撃2』を発動　↓支援内容：『フォースシュート・スタン』
・『セラフィナ』が『シールドスラム』を発動　↓『猿侯の眷属・格闘家』に命中　スタン

・『キョウカ』が『サンダーボルト』を発動　↓『猿侯の眷属・踊り子』に命中　感電無効　スタン

セラフィナさんが盾で『格闘家』を押し飛ばす――五十嵐さんはエリーティアを抱きかかえながら、右手だけで雷撃の技能を使い、『踊り子』を牽制した。

しかしもう一人――『地形士』が何かの技能を使おうとしている。それが俺たちに不利に働くと直感が訴える。

「――させるかっ！」

◆現在の状況◆
・『猿侯の眷属・地形士』が『砂礫地帯』の発動準備
・『アリヒト』が『フォースシュート・フリーズ』を発動　↓『猿侯の眷属・地形士』に命中　凍結　行動をキャンセル

技能の名前だけ見れば、地面の状態を変えるようなもの――俺が言うのも何だが、これはもはや魔法に近い。

「もう少し……っ、後部くんっ！」

俺はアルフェッカから飛び降り、五十嵐さんがかかえてきたエリーティアを担いで乗り込ませる――テレジアは体勢を立て直した『格闘家』の攻撃を回避し、注意を引きつけている。しかしレベルの差なのか、回避はできても押されてしまっている。

「テレジア、戻れっ！　ここは『帰還の巻物』が使えない、門から出るしかない！」

「っ……！」

「――後部くん、『魔猿』の攻撃が来る……っ、駄目、『サンダーボルト』が届かない！」

牽制ができない距離で『獄卒の魔猿』が、『猿侯』が背負っていた巨大な金棒のうち一本を与えられ――それを投擲《とうてき》しようと振りかぶる。

「――ガァァァッ!!」

『――マスター、あの魔物が狙っているのは……っ』

アルフェッカ――『銀の車輪《アリアンロッド》』が破壊されれば、俺たちは脱出することができなくなる。

それを知っていて、『魔猿』はアルフェッカを狙ってきた。あの巨大な武器を防ぐには、方法は一つしかない。

「――はぁぁぁぁっ！」

「セラフィナさん、『支援します』っ！　アリアドネ、頼む！」

『星機神の装甲よ、すべてに抗《あらが》う盾となれ……！』

◆現在の状況◆

- 『セラフィナ』が『防御態勢』を発動
- 『セラフィナ』が『ディフェンスフォース』を発動
- 『セラフィナ』が『オーラシールド』を発動
- 『アリヒト』が『支援防御2』を発動　→支援内容：『ディフェンスフォース』『オーラシールド』

・『アリヒト』が『アリアドネ』に一時支援要請　↓対象：『セラフィナ』
・『アリアドネ』が『ガードヴァリアント』を発動
・『★獄卒の魔猿』が『攻城投擲《とうてき》』を発動　↓『セラフィナ』に命中　ノーダメージ　物理攻撃反射
・『★獄卒の魔猿』に反射攻撃が命中

「ゲギャッ……‼」

セラフィナさんの大盾よりも巨大な質量が、激しい音を立てて衝突する――そしてセラフィナさんの盾は見事に『魔猿』の金棒を弾き返した。

しかし、それは目くらましに過ぎなかった。

初めから『猿侯』は、自らが投げる武器を確実に当てるために『魔猿』を囮として使っていたのだ。

「――グォォォォォオッ！」

◆現在の状況◆
・『★赫灼《かくしゃく》たる猿侯《えんこう》』が『暗器投擲』を発動　↓『アルフェッカ』に命中　『拘束』技能封印

『猿侯』の投げた鉄球には、鎖が繋げられていた――アルフェッカの車体に絡みつき、彼女は動けなくなる。

『これが狙《ねら》いか……狡猾な……っ』

「アルフェッカ、今鎖を解いてやる……っ！」

「こんな大きな鎖、どうすれば……っ、駄目……引きずられる……！」

『猿侯』の膂力《りょりょく》は、エリーティアと五十嵐さんが乗り込んでいるアルフェッカの車体を腕一本で動かしてしまう。アルフェッカは全力で後方に進もうと車輪を回転させるが、『猿侯』は足を地面に沈み込ませながらも、鎖を確実に手繰り寄せていく。

『……マスター……今、我は実体化を解くことができぬ』

「アルフェッカ……諦《あきら》めるな！　必ず助けてやる！」

『猿侯』の圧倒的な力を前にして、具現化したアルフェッカが恐れを口にする。

『──一撃でいい。我が秘神《ひしん》よ、その腕を以て、星機剣《せいきけん》を振るいたまえ』

ムラクモの声が聞こえる。俺は操られるように、『彼女』を引き抜く──刀身が脈動するように、光を放っている。

『──契約者の危機的状況を確認。星機剣《せいきけん》使用承認。デバイス起動まで残り十秒。切断対象：ヘルテクト鋼』

「残り十秒……っ、五十嵐さん、一緒に『猿侯』に仕掛けてください！」

「っ……ええ……やぁぁぁぁっ！」

一度でいい、スタンさせることさえできれば──十秒には届かなくても、少しでも時間を稼ぐことはできる。

◆現在の状況◆
・『アリヒト』が『支援攻撃2』を発動　→支援内容：『フォースシュート・スタン』

・『★赫灼《かくしゃく》たる猿侯《えんこう》』が『デモンズハンド』を発動
・『キョウカ』が『サンダーボルト』を発動　→『★赫灼《かくしゃく》たる猿侯《えんこう》』が防御　スタンに抵抗
・『アリヒト』が『フォースシュート・スタン』を発動　→『★赫灼《かくしゃく》たる猿侯《えんこう》』が防御　スタンに抵抗

（弾き飛ばした……魔力で覆った手で……！）

「――グギャギャギャギャッ！」

『猿侯』が嘲笑する――何をしても無駄だというように。

この魔物は、探索者をあざ笑っている。苦しめて、弄んで楽しんでいる。

エリーティアは『猿侯』に出会ってしまったからこそ、心に傷を負うことになった。他にも多くの被害者がいる――絶対に負けることはできないのに。

『魔王』と呼ばれた魔物に、俺たちの攻撃は届かない。

「後部くん……っ」

「――まだだ。まだ終わってない……！」

俺は魔法銃を構え、『氷結石《ひょうけっせき》』を込める――いつだってそうだった。

そこに『彼女』がいると信じる。俺たちはいつもそうやってきた――だから。

「テレジア、『支援する』っ……！」

◆現在の状況◆
・『アリヒト』が『支援攻撃2』を発動　→支援内容：『フリーズバレット』

・『テレジア』が『アサルトヒット』を発動　→『★赫灼《かくしゃく》たる猿侯《えんこう》』に対して攻撃力2倍
・『テレジア』が『蝶の舞い』を発動　→攻撃回数増加
・『テレジア』が『★赫灼《かくしゃく》たる猿侯《えんこう》』に攻撃　4回命中　クリティカル
・『フリーズバレット』が4回発生　弱点攻撃　凍結が二段階進行

この乱戦の間に、テレジアは気配を消して『猿侯』の裏に回っていた。

――青い蝶が、飛び立つ。テレジアが『猿侯』の死角から放った斬撃は、厚い毛皮を破り、血しぶきを上げる。スリングにつけたものとは違う二つ目の氷結石を装填し、撃ち出した氷の魔力弾は、『フォースシュート・フリーズ』よりも威力が明らかに上回っていた。

「グォッ……オオ……‼」

『猿侯』が苦鳴の咆哮《ほうこう》を上げる。完全な不意打ち――レベル差があっても、攻撃は通じる。まして、『炎』とは逆の属性が通じるならば。

「――ガァァッ……アァァ……！」

『猿侯』が打撃を受けることがよほど稀なのか、『魔猿』と『眷属』たちが動けずにいる――そんな彼らに向けて『猿侯』は腕を振り払い、攻撃命令を下す。

「いや……もう遅い。時間だ」

『――契約者よ、協力に感謝する。星機剣《せいきけん》発動開始――アームデバイスリミッター解除』

◆現在の状況◆
・『アリアドネ』が『ガードアーム』を召喚

・『アリアドネ』が『ムラクモ』を使用して『天地刃・斬鉄』を発動

今までは俺たちを守るために現れていた機神の腕――それが、俺の手を離れたムラクモを握ろうとした瞬間。

ムラクモが、巨大な機械の腕に見合う大きさに変化する。そして具現化したムラクモと全く同じ剣捌きで――振りかぶり、『天地刃』を繰り出した。

◆現在の状況◆

・『天地刃・斬鉄』が『煉獄の鎖』に命中 ↓『煉獄の鎖』を破壊 『アルフェッカ』の『拘束』が解除

「鎖が切れた……っ、アリアドネさん、凄い……！」

「秘神《ひしん》の腕で振るうと、あのようなことになるとは……っ、テレジア殿、こちらへ！　脱出しますっ！」

「……っ！」

テレジアが『アクセルダッシュ』を使って駆けてくる。俺は彼女を引き上げるために手を伸ばす――しかし。

「――ガァァァァァァッ‼」

『猿侯』の、地の底から響くような声。『猿侯《く》』が繰り出した腕の先に、紋様が浮き上がり――それは、瞬く間にテレジアの首元に後ろから喰らいついた。

「――テレジアッ！」

◆現在の状況◆
・『★赫灼《かくしゃく》たる猿侯《えんこう》』が『呪詛侵蝕』を発動　↓　『テレジア』に命中
・『★赫灼《かくしゃく》たる猿侯《えんこう》』が『隷属印』の上書きを開始

「っ……！」

引き上げたテレジアは、苦悶を表に出す。

『猿侯』がテレジアに対して何かをした。俺は走り始めたアルフェッカの上で、テレジアの首にかかる髪を除け――そこにあるものを確かめる。

（これが『隷属印』……『猿侯』は、これに干渉した。奴《やつ》は『隷属印』を操ることができる……これで、探索者を従わせているんだ……！）

テレジアの首の後ろには、大きな痣のようなものが浮かび上がっていた。

このまま『隷属印』の上書きが終わってしまえば、テレジアもまた『猿侯』に従属させられることになる。

『マスター……』

アルフェッカが脱出を躊躇うように訴えかけてくる。このまま逃げれば、テレジアは――だが、今は退かなければならない。

「――全速で離脱してくれ、アルフェッカ」

『……了解した』

◆現在の状況◆
・『アルフェッカ』が『バニシングバースト』を発動　→速度上昇　限界突破　『残影』を付加
・『アルフェッカ』が『銀の軌跡』を発動　→『煉獄の障壁』を通過

燃え盛る炎を突き破り、俺たちは砦の外に出る。

◆現在の状況◆
・『猿侯の眷属・治癒師《ヒーラー》』が『ヒールウィンド』を発動　→対象：『★赫灼《かくしゃく》たる猿侯《えんこう》』
・『猿侯の眷属・治癒師』が『ピュリフィケーション』を発動　→対象：『★赫灼《かくしゃく》たる猿侯《えんこう》』

ライセンスの範囲から外れる寸前で、俺はその表示を見た。エリーティアの親友、ルウリィ――彼女が『猿侯』を治癒している。

「アリヒト……ごめんなさい……私、皆と一緒にって言ったのに……」

エリーティアが五十嵐さんの腕の中で意識を取り戻す。彼女の瞳《ひとみ》から涙が溢れ、とめどなく頬《ほお》を伝っていく。

「何も自分を責めることはない。俺も分かっていたんだ……エリーティアはすぐにでも迷宮に入ろうとするだろうと。だが、それで分かったこともある」

ルウリィは生きていた――たとえ『猿侯』に従属させられていても。

「俺たちは必ず戻ってくる……『猿侯』には大きな貸しができた。それは返してもらわなきゃなら

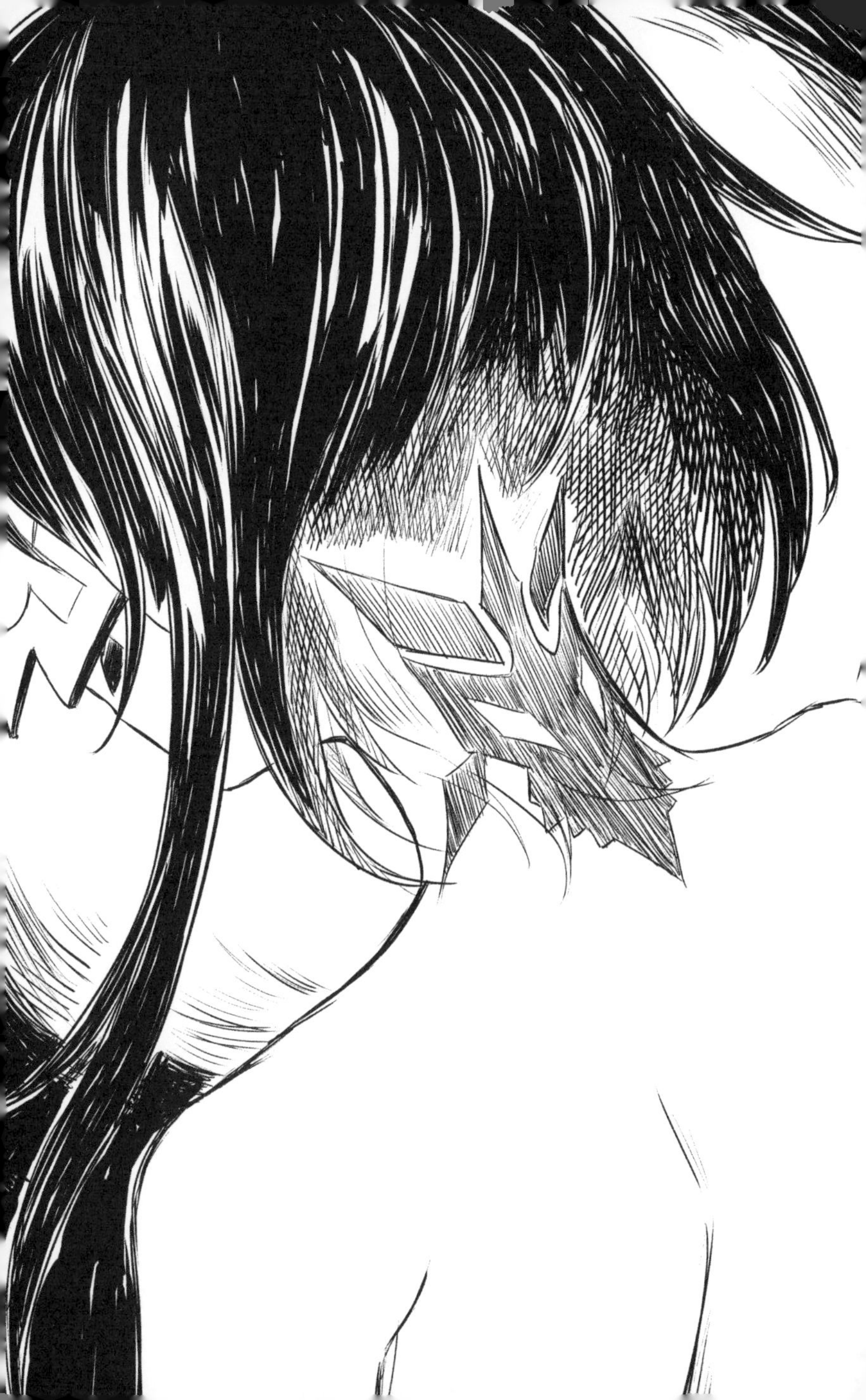

ない」

「…………」

テレジアの隷属印が完全に書き換えられてしまう前に。俺たちは必ず『猿侯』を倒す。

『猿侯』との初めての戦いは、苦い結果に終わることになった——だが。

怒りだけではなく、静かな決意がある。俺たちの手で、『猿侯』が始めた悲劇の幕を引かなくてはならない。

いつしか強く握りしめた俺の手に、テレジアが手を重ねてくれる。

彼女が受けた『呪詛』は、必ず解く。

滞在できる期間は七日。その限られた時間で、俺たちは全《すべ》てを取り戻す。

燃えさかる炎で飾られた砦を離れながら、俺は再びここに戻ってくる時のことを考えていた。

書き下ろし番外編　七番区スパの夜

七番区の住民に人気を集めている施設は幾つかあるが、そのうちのひとつが、ギルドの経営しているスパである。

娯楽の少ない迷宮国においては、他のパーティとの交流の場でもあるスパは人気がある。男湯と女湯に分かれているので、アリヒトは今日こそ風呂で安穏とした時間を過ごせると思っていた――しかし。

「アトベ様ですね。パーティで借りることができる家族風呂の使用許可が出ていますので、本日はそちらを利用してください」

「はい……えっ？」

受付の女性にそう言われ、アリヒトはなんとなく返事をしてから、想定外のことを言われたと気がついた。

「い、いや……先に来たメンバーは、みんな女性だったと思うんですが。俺は男なので、普通に男湯に入るべきじゃないかと……」

「あいにく、男湯のほうは定員がいっぱいになっておりまして。当施設は大変人気がありますので、入場人数が決められているんです。空き待ちの方もいらっしゃいますよ」

アリヒトは待っている人の名前が書かれたリストを見せられ、げんなりとする。転生前はファミリーレストランなどでリストに名前を書いて待つことがあったが、今のように五十人も待っているような状況に出くわしたことはなかった。

「もちろん、お先に入られた方々はこちらの同意書に丸をつけていかれていますので、アトベ様が入ってパーティ内の信用を落としてしまうということもないかと思います」

「そ、そうですか……」

なぜか代表するように、「テレジアさん　◯」と書かれていて、その下に他のパーティメンバーの名前が並んでいる。書いたのはキョウカのようで、アリヒトはその筆跡を見たことがあった。

（五十嵐さんは、もう慣れてしまったってことか……？　俺は全然慣れてないというか、未だにテレジアと入るのもどうかと思っているんだが……）

「タオルやバスローブは貸し出しがございます。館内に食事やお飲み物の購入ができる場所もございますので、そちらを利用される際はバスローブをご利用ください。下着は着用されるようにお願いいたします」

「は、はい……」

悩んでいるうちに貸しロッカーの鍵を渡される。転生前における銭湯に似たシステムを懐かしいと思いながら、アリヒトは多少緊張しつつ、施設内に三つある家族風呂のうち一つに向かった。

◆◇◆

家族風呂は十六人までが一緒に入れるとのことで、宿舎の浴室よりははるかに広い。

『わーい、貸し切りの広いお風呂なんて初めてですよ～。スズちゃん、平泳ぎで競争する？』

『ミサキちゃん、あまりはしゃぐとアリヒトさんに怒られちゃうよ？』

『えー、お兄ちゃんなら一緒に泳いでくれると思うんだけどなー』

自分のイメージはミサキの中でどうなっているのだろうと思いつつ、アリヒトは服を脱ごうとして気づく――こういう男女で一緒に入るようなときは、恥ずかしくないように水着などを着ていくのが普通ではないだろうか。

『アトベ様が後から来た時に入りにくいでしょうから、湯浴み着を着ているというのはお伝えした方がいいかもしれませんね』

『そうですね、ルイーザさん。でもルイーザさんは、湯浴み着を着ていてもその……男の人にとってとても問題があるというか、つい見てしまいそうな……』

『……キョウカも負けないくらい、胸は大きい』

『私ももう少し大きくなりたいです……あ、あのっ、キョウカお姉さん、ルイーザさん、どうしたらお二人みたいな大人の女の人になれますか？』

マドカの年齢を考えるとまだ背伸びはしなくていいのではないだろうか、とアリヒトは思う。そして、なかなか中に入れなくてここで話を聞いているのもどうなのかと思えてくる。

『バウッ』

『あら？　シオンちゃん、どうしたの？』

『あ、お兄ちゃんが来たんじゃないですか？』

『っ……ミ、ミサキちゃん、私、少し水風呂の方に……っ』

『スズちゃん、そんなことしてたら風邪引いちゃうよ？　お兄ちゃんなら大丈夫だから、ちょっとだけだから。何にもしないから』

『安心させようとして不安にさせることに関しては、ミサキちゃんの右に出る人はいないでしょうね……』

シオンが浴室の内側からドアを開けようとしていることに気づき、アリヒトもドアに近づく。湯船に入ることは許可されていないが、家族風呂であれば護衛犬《ごえいけん》も足洗い場などを利用することはできる――と、受付で説明されたことを思い出しながら、アリヒトはドアに手をかけた。

『……さっきから、テレジアの姿が見えないけど。どこに行ったのかしら』

「……ん？」

アリヒトが開けないうちから、カラカラ、と浴室の戸が開いた。

そして、アリヒトの目の前に立っていたのは――いつも風呂に入るときと同じように、蜥蜴《トカゲ》のマスク以外の装備を全部外して、一糸まとわぬ裸身となったテレジアだった。

「「…………」」

あまりのことに、テレジアと見つめ合ってアリヒトは沈黙する。まさか気配を消してまで、皆に気づかれないように裸で自分を迎え入れてくれるとは――アリヒトは走馬灯を見るような思いと同時に、テレジアの危ういまでの純粋さに打ちのめされていた。

「テ、テテテ、テレジアさんっ……さっき湯浴み着を着て入ってたんじゃ……っ」

キョウカが慌てふためくが、堂々とアリヒトの前に出てくるわけにもいかず、湯船の中から動けずにいる。ルイーザは湯船の縁に腰掛け、顔を赤らめつつ、透けないように湯浴み着の上から胸を腕で隠す――それがよりアリヒトには悩ましく見えてしまい、眼前のテレジアに視線を移して、これも直視はできないと上を向く。

「…………」

テレジアは背伸びをしてアリヒトの頬に両手で触れ、下を向かせる。

「テ、テレジア……その、何というか、改めて言うのもなんだが……っ」

テレジアはすでに湯に浸《つ》かっていたからか、白い肌が紅潮し、蜥蜴《トカゲ》のマスクもまた朱を帯びている。のぼせてはいないようだが、また湯に浸かったら危ないのではとアリヒトは案じる——もしくは、のぼせかけて気分が高揚してしまっているのではないか。

「…………」

「ふふふ、ようやくこの時が来たようですね……お兄ちゃんの背中を流したり流さなかったり、かゆいところを探したり！　もちろんスズちゃんも参加しますよ！」

「ミ、ミサキ……だから、あまり煽ったりするのは……」

スズナは進んでそんなことはしたがらないだろう——そう考えていたアリヒトだが、湯船に浸かっていたスズナは静かに立ち上がり、ミサキと一緒にアリヒトのところにやってくる。

湯帷子を身に着けた巫女——あつらえたように似合っていると感じてしまい、アリヒトは思わず目をそらす。その反応を見ても、スズナは微笑《ほほえ》むばかりだった。

「……アリヒトさん、ミサキちゃんに先に言われてしまいましたけど……背中を流したいのは本当です。アリヒトさんに、少しでも感謝を伝えたくて……そ、それに、前のときは、アリアドネさんと一緒にお世話になって……」

「ス、スズナ。それはあまり気にしなくていいというか、あのとき信仰値を上げたことで、色々助かる場面があったからな。スズナが良ければ、またお願いしてもいいかな」

「は、はい。私でしたら、いつでも……」

「後部くんのことだから、何か大事なことをしてるんでしょうけど……あまりスズナちゃんに夜の時間を取らせちゃだめよ？　私たち、ただでさえ……」

「そ、それは……キョウカ、迂闊に口を開くと口を滑らせそうだから、少し静かにしていた方がいいんじゃない？」

「っ……ご、ごめんなさい。そうよね、私たちは後部くんの背中を流したことがあるし、今日は遠慮した方がいいわね」

「私、前にご一緒したときのことはあまり良く覚えていないのですが……改めて、宜しいですか？」

ルイーザ、スズナ、ミサキ——その三人と、アリヒトの傍から離れないテレジア。

これ以上同時に背中を流してくれる人数が増えたらどうなるのだろうと思いながら、アリヒトは洗い場の椅子に座り、甘んじて仲間たちの手に身を委ねる。

「わー……お兄ちゃん、あらためて見ると筋肉とか結構すごいんですね……」

「ま、まあ……迷宮国に来てから、身体《からだ》を動かす機会ばかりだからな」

「指の間も綺麗《きれい》にしますね。手を広げて……ありがとうございます。では、次はこちらの方を……」

「スズナさん、すごく施術……いえ、洗い方が丁寧でいらっしゃいますね。アトベ様、かゆいところはございませんか？」

「か、かゆいところはないんですが……っ」

両肩のあたりに柔らかな感触が当たり、アリヒトは否が応にも後ろに神経を引きつけられる。しかし、前にはキョウカの手でタオルを巻かれたとはいえ、肌の露出している部分が大きいままのテレジアがいて、脚を洗っている。

「……な、何だか、やっぱり……その、夜のことを思い出しちゃうっていうか……」

「ん……？　ミサキ、今何か……」

「何でもございませんよ、アトベ様。女性にはたくさん秘密があるものですから……」

耳元で囁くルイーザの声に、アリヒトは思わず喉を鳴らす。

信頼を壊してはいけない、反応してはならない。そう思うほど、アリヒトは自分には大して存在しないと思っていた感情が大きくなりつつあると自覚する。

（明日から五番区に行くっていうのに……こんなことをしてていいのか……もっと気を引き締めるべきなんじゃないのか、俺たちは……っ）

そう考えて、アリヒトは思い出す。

今夜は『フォーシーズンズ』もアリヒトたちの宿舎に泊まっていく。

それは、彼女たちも今この場に来ていることを意味していた――今まで姿が見えなかったのは何故《なぜ》なのか、アリヒトはまさに今この瞬間に理解する。

「はぁっ……うち、もう限界っ……！」

「カエデ、ちょっと早いんじゃない？　あたしなんてあと十五分はいけそうだよ」

「イブキは我慢強すぎます……私はもう、足に力が入りません」

「ふぅ……お肌がつるつるになりそう。やっぱりサウナはいいわね、代謝が良くなるから……あら？」

浴室内から入ることのできるサウナから出てきたのは、『フォーシーズンズ』の四人だった。それぞれ湯浴み着を身に着けているが、サウナで汗をかき、肌が上気して、アリヒトにもいつもより艶めいた姿に見えてしまう。

「あ、カエデちゃんたちも参加します？　お兄ちゃんのこと、もう綺麗にしちゃいましたけど」

「な、なんや……兄さんも来てたんや。うちらに内緒でつれないやんか、ミサキちゃん」

「カエデ、それだとアリヒト先生の背中を流すつもりだったみたいな……」

「……お風呂といえば、背中を流すというのはセオリーです。何も変なことではありません」

「そ、そうね……みんながそう言うのなら。でも、いいのかしら……キョウカさんとルイーザさんを差し置いて、私がそんなこと……」

「リョ、リョーコさん、そういうことを今おっしゃるとですね……っ」

キョウカとルイーザは顔を見合わせる——初めは困惑した様子だったキョウカは、アリヒトを見やってからくすっと笑う。

「……後部くん、背中を流す以外でしてほしいことはある？　お風呂あがりの耳かきとか……そ、それはちょっと大胆すぎるかしらね」

「では、私はアトベ様にマッサージを……」

「私もお兄さんに何かしたいです……っ、ルイーザさん、お手伝いしてもいいですか？」

「……私は毛づくろいができる。アリヒトが良ければだけど」

「バウッ」

パーティメンバーから何かをしてもらうばかりで、お返しをしなくてもいいのだろうかとアリヒトは思う——そして、身体を洗う四人が、『フォーシーズンズ』に交代した。

「……な、なんや、改めてこんなんしてると、照れてしまうけど……アリヒト兄さん、改めてありがとう。明日、五番区に行くときは慌ただしいかもしれへんから、今のうちにいっぱいお礼させてな」

「アリヒト先生、あたし、ずっと『先生』って言ってましたけど……アリヒトさんと一緒にいて、いっぱい勉強になったから、だから本当に『先生』なんです。上の区に行っても、ずっと」

「同じ後衛として、アリヒトから学ぶことは多くありました。もう一度、一緒に探索ができる時がきたら、成長した姿を見せます。必殺サーブを増やしておきますから」

「私は……初めは、少し頼りなさそうな男の人なんて思ってしまって。自分の見る目のなさが、今思い出しても恥ずかしいです。アトべさん、私たちもすぐに六番区に行って、いつか追いつけるように頑張ります。でも、もし長く会えなさそうだったら……」

「そうですね……一度、前の区に戻ったりすることはあるかもしれません。困ったことがあったらいつでも連絡してください」

アリヒトが答えると、四人はすぐには何も答えられない。感極まったように目を潤ませていたカエデは、アリヒトからは見えない後ろにいるが、抱きつこうとするように腕を広げていた。

「カエデちゃん、そこでがばっといかないとこに私は友情を感じちゃいます」

「っ……ミ、ミサキちゃん。あかんよ、そんな余裕でおったら、次に会ったときは兄さんのこと取ってまうからね」

カエデが言うと、浴場にいる皆が笑い合う。

当のアリヒトは、カエデの言葉を冗談とばかり受け取っていたのだが――そんな彼をじっと見ながら、テレジアは彼の身体を流すのは自分の役割というように、お湯の入った桶を持って待っていた。

あとがき

令和二年に入りましてから初めての新刊（となるはず）になります、皆様明けましておめでとうございます。これを書いている今はかなりの厳寒となっておりますが、迷宮国にコタツは存在するのでしょうか。我が家にはコタツが無くなって久しいですが、たまにどうしても恋しくなります。こたつで蜜柑の白い皮をひたすら剥くことこそが冬の醍醐味と言えましょう。地味で申し訳ありません。

迷宮国全体では気候の変動は存在しますが、明白に四季が分かれているわけではありません。代わりに、迷宮の中で季節が固定されている場合があります。五番区の迷宮はその傾向が強く、内部には侵入していませんが『凪の砂海』は文字通り砂漠気候ですし、『炎天の紅楼』は木々が常に紅葉しています。

文章のみでは迷宮国の景色を表現しきれておりませんが、風花風花《かざばなふうか》先生、コミカライズ担当の力《りき》蔵《ぞう》先生によって文字通り世界をビジュアル化していただき、作者自身のイメージも広がっています。作者も頑張って描写をしてまいります。色々な迷宮が登場する世界観ですから、読者の皆様から「見てみたい迷宮」を募集させていただいても素敵だと思います。経験値が多くて食べると美味しい魔物が出てくる迷宮、というのがアリヒトたちには有り難いのでしょうが、実際そんな迷宮があったら『蟹』どころではなく独占の対象になってしまいます。世の中はなかなかままなりません。

今回から始まった展開は、決着がつくまで通常のような探索を行うことができません。そして、先の展開を保証することになるため、また通常の探索に戻りましたら、というようなことも申し上げられません。これまでのアリヒトたちと、これからの彼らを信じてお付き合いをいただけましたら大変嬉しく思います。『迷宮国』を攻略しているのは読者の皆様自身でもあると思ってお読みいただけましたら、作者といたしましては本望です。

二度目のスタンピード、『ザ・カラミティ』との戦いにつきましては構想段階でかなり練り直しまして、このような形となりました。クーゼルカの『アクティブフェイント』は味方では心強いですが、敵に回ったりしたらとても恐い技能と思いながら書いておりました。この作品においては『攻撃の順序』を入れ替えたり『キャンセル』を行う技能が大変に強力です。スタンを使うたび、『ゲイズハウンド』のことを思い出していただけると彼らも喜ぶと思います（なつかれても見た目が怖いですが）。

猿侯については今は多くを語らず、できるだけ早く次巻をお送りすることに注力させていただきます。その頃には暖かくなってきているかと思いますので、日向でごろごろしながらアリヒトたちの奮闘を眺めていただけましたら幸いです。

担当編集様、今回からお二人にお世話になることになりましたが、ことごとく進捗のご心配をおかけして申し訳ありません。そろそろ心というより魂を入れ替えなければならないところまで来ておりますので、次回遅延したら転生する覚悟で頑張らせていただきます。

イラスト担当の風花風花様、今回も大変素晴らしいイラストをありがとうございます。原稿チェックの際に過去の巻を見返すのですが、その度にイラストを拝見して新たな感動が生まれます。やはりアリヒトが最初に苦境に陥ったときのあの挿絵によって、この作品の方向性を定めていただいたと思います。六巻もその延長線上にあって、進化し続けていると感じます。

コミカライズ担当の力蔵先生には毎回一話ごとに大ボリュームで『後衛』の世界を表現していただき、一読者としてもテンションが上がり続けています。ニコニコ漫画、コミックウォーカー様で連載中ですので、まだこれからという読者の方がおられましたら、ぜひお時間のある時にご覧ください。

そして校正の方には今回も多大な労力をおかけして、平身低頭の状態のまま生活しなくてはと思っております。それでは腰をやられてしまうので気持ちとしては常に謝罪と感謝を抱き続けます。何度も同じミスをしないよう次こそは心を入れ替えます。毎回同じようなことを言っているようですが、本当に次こそは転生しますので、何卒よろしくお願いいたします。

カドカワBOOKSの皆様、そしてこの本が世に送り出されるまで、読者様のお手元に届くまでに尽力をいただいた全ての皆様にも、改めて感謝を申し上げます。

何よりいつも支えていただいている読者の皆様に、支援回復レベル100を捧げます。

ありがとうございました。

深まる秋に別れを告げつつ　とーわ

カドカワBOOKS

世界《せかい》最強《さいきょう》の後衛《こうえい》 ～迷宮国《めいきゅうこく》の新人《しんじん》探索者《たんさくしゃ》～ 6

2020年1月10日　初版発行

著者／とーわ

発行者／三坂泰二

発行／株式会社KADOKAWA

〒102-8177
東京都千代田区富士見2-13-3
電話／0570-002-301（ナビダイヤル）

編集／カドカワBOOKS編集部

印刷所／大日本印刷

製本所／大日本印刷

Printed in Japan
ISBN 978-4-04-073241-1 C0093

新文芸宣言

かつて「知」と「美」は特権階級の所有物でした。

15世紀、グーテンベルクが発明した活版印刷技術は、特権階級から「知」と「美」を解放し、ルネサンスや宗教改革を導きました。市民革命や産業革命も、大衆に「知」と「美」が広まらなければ起こりえませんでした。人間は、本を読むことにより、自由と平等を獲得していったのです。

21世紀、インターネット技術により、第二の「知」と「美」の解放が起こりました。一部の選ばれた才能を持つ者だけが文章や絵、映像を発表できる時代は終わり、誰もがネット上で自己表現を出来る時代がやってきました。

UGC（ユーザージェネレイテッドコンテンツ）の波は、今世界を席巻しています。UGCから生まれた小説は、一般大衆からの批評を取り込みながら内容を充実させて行きます。受け手と送り手の情報の交換によって、UGCは量的な評価を獲得し、爆発的にその数を増やしているのです。

こうしたUGCから生まれた小説群を、私たちは「新文芸」と名付けました。

新文芸は、インターネットによる新しい「知」と「美」の形です。

2015年10月10日
井上伸一郎

どんな攻撃もノーダメージ!

ラスボス級大型新人、出陣!

コミックス好評発売中!!

漫画：おいもとじろう
ステータスポイントをVITのみに捧げた少女メイプル。その結果得たのは、物理・魔法攻撃・状態異常無効に強豪プレイヤーも一撃死のカウンタースキル!? 自らの異常さに気づくことなく、今日も楽しく冒険に挑む!

シリーズ好評発売中!

カドカワBOOKS
TVアニメ放送開始
2020年1月から
♪
夕蜜柑 ill. 狐印
痛いのは嫌なので防御力に極振りしたいと思います。

シリーズ累計
120万部
突破!!
蜘蛛《くも》ですが、なにか？
Kumo desuga, nanika?
著：馬場翁
イラスト：輝竜司
アニメ化
企画進行中!!
『このライトノベルがすごい! 2017』(宝島社刊)
単行本部門
新作ランキング
第1位
『このライトノベルがすごい! 2018』(宝島社刊)
単行本・ノベルス部門
ランキング
第2位
女子高生だったはずの「私」が目覚めると……なんと蜘蛛の魔物に異世界転生していた！
敵は毒ガエルや凶暴な魔猿っておい……。ま、なるようになるか！
種族底辺、メンタル最強主人公の、伝説のサバイバル開幕！

生きて、
蜘蛛子ちゃん――!!
全ネットが応援した
衝撃の問題作!!
角川コミックス・エースより
好評発売中!
蜘蛛ですが、なにか?
1
蜘蛛子の七転八倒
ダンジョンライフが
漫画で読める!?
漫画:かかし朝浩
原作:馬場翁
キャラクター原案:輝竜司
書籍、コミックなどの情報が集約された特設サイト公開中!
「蜘蛛ですが、なにか? 特設サイト」で 検索
シリーズ好評発売中!
カドカワBOOKS

【修復】スキルが
万能チート化したので、
武器屋でも開こうかと思います
星川銀河 ill.眠介
最強素材も
【解析】【分解】【合成】で加工！
セカンドキャリアは絶好調！
白泉社アプリ
『マンガPark』にて
コミカライズ
連載中!!!!
漫画：榎ゆきみ
カドカワBOOKS